사랑 ⋮

이별 ⋮

사랑 ⁺⁺⁺
이별 ⁺⁺⁺

ⓒ 한재현, 2024

초판 1쇄 발행 2024년 4월 25일

지은이   한재현
펴낸이   이기봉
편집   좋은땅 편집팀
펴낸곳   도서출판 좋은땅
주소   서울특별시 마포구 양화로12길 26 지월드빌딩 (서교동 395-7)
전화   02)374-8616~7
팩스   02)374-8614
이메일   gworldbook@naver.com
홈페이지   www.g-world.co.kr

ISBN   979-11-388-3044-7 (03810)

사랑

이별

한재현 지음

좋은땅

풋사랑

세상과 괴리된 가슴시리도록 아픈 운명! 부정할 수도, 벗어날 수도 없는 운명 속에 갇혀 버린다면 누구나 자신의 운명을 저주할 것이다. 그러나 그런 절망적인 운명 속에서도 존재하고 있는 작은 행복과 사랑을 찾을 수만 있다면 그것도 그리 나쁘지만은 아닌 운명일 것이다. 바로여기에 그런 행복과 사랑을 찾아가는 한 소년이 있다.

1

열 살 강우는 가슴에 빨간 한지로 만든 커다란 연꽃을 달고선 마을 어귀에 있는 늙고 썩은 정자나무 가지 밑에 앉아 있다. '부처님 오신 날'이라는 리본까지 달린 꽃이 어찌나 크던지 낡은 옷핀으로 고정된 꽃은 강우의 가슴을 덮고도 남는다. 늘어진 코르덴바지에 촌스런 줄무늬 티를 입은 모습에 옥춘사탕을 빨다가 뱉다가를 반복하는 모습이다. 코에선 노란 콧물이 말라 굳어 있지만 얼굴은 하얀 게 계집애처럼 생겼다. 잠시 후, 저 멀리 흙길을 따라서 몇몇 아주머니들이 보따리를 들고 오는 모습이 보이자 강우는 기다렸다는 듯이 달려가 아줌마들을 맞는다.

"아이고, 강우 아니냐? 많이 컸네."

아줌마들이 강우를 쓰다듬으면 숫기 없는 강우는 말 한마디 제대로 못하고 아줌마들에게 몸을 맡긴다.

"엄마는 집에 계시니? 아이고 사탕 먹느라 입술이 빨갛게 변했네. 아휴, 이뻐라!"

아줌마들이 입술을 손으로 닦아주자 강우는 못 이기는 척, 입술을 쭉 내민다.

해가 뉘엿뉘엿 지면 강우의 집에서는 징과 북이 두드려지는 요란한 풍장소리가 들리고 강우 어머니의 경 읽는 소리가 우렁차게 문밖으로 새어나온다. 강우는 마루 위에 앉아서 땅에 닿지 않는 짧은 다리를 흔들며 여전히 옥춘사탕을 빨아먹고 있는데 이 모습을 선영이 싸리문 밖에서 물끄러미 바라보고 있다. 선영을 보고 놀란 강우는 흔들던 다리를 급히 멈추고는 사탕을 땅바닥에 뱉어 버린다. 그리고 벌겋게 변한 입술을 손으로 닦고는 괜히 마루 밑에 있는 바둑이를 끌어내서 못살게 굴기 시작한다. 그 와중에도 강우는 연신 곁눈질로 문밖을 살피는데 갑자기 선영이 시야에서 보이지 않는다. 놀라서 문밖으로 뛰어나오는 강우.

"어… 어디 갔지? 갔나…"

그때 갑자기 뒤에서 강우의 등짝을 탁 치는 선영. 그대로 놀라서 뒤로 나자빠지는 강우. 놀란 강우는 얼굴이 벌겋게 상기되며 금방 울음을 터트릴 거 같은 표정이다.

"놀랐지? 헤헷. 나… 너네 강아지 한번 만져 봐도 돼? 안 물지?"

여전히 진정이 안 된 강우는 그저 고개만 끄덕이며 겨우 일어서고 선영은 그때다 싶은지 마당을 가로질러 마루 밑에 있는 바둑이 목줄을 잡아당긴다. 순둥이인 바둑이는 질질 끌려나오며 끙끙대더니 이내 선영의 가슴에 안기고는 얼굴을 빨아댄다.

"진짜 귀엽다. 헤헷. 아이, 간지러워! 그만… 그만해."

선영은 바둑이의 재롱에 빠져 행복해하지만 강우는 잔뜩 질투어린 시선으로 바둑이를 노려본다. 그런데 잠잠하던 집안에서는 징과 북소리가 점점 커지고 놀란 바둑이는 선영의 품에서 발버둥 치며 다시 마루 밑으로 숨어 버린다.

"근데 왜 맨날 마루 밑에 숨어 있어? 마당에 나와서 햇볕도 보고 놀면 좋을 텐데… 혹시 저 소리가 무서워서 그런 거야?"

법당 쪽을 바라보는 선영. 강우는 당황하며 마루로 달려가더니 선영의 손을 부여잡고 밖으로 끌고 나온다. 갑자기 커진 풍장소리에 선영도 놀란 듯 뛰어나오고 그길로 두 아이는 산 쪽으로 달려가기 시작한다. 강우는 어떻게든 선영을 그 자리에서 멀어지게 하고 싶은 마음뿐이다. 얼마를 달렸는지 강우의 귀에선 풍장소리가 점점 사라지고 그제야 얼굴에 여유를 찾고선 멈춰 선다. 딱 봐도 엄청난 거리를 달려온 것 같은데 숨을 헐떡거리며 주변을 둘러보지만 선영은 보이지 않는다. 실망한 표정으로 힘없이 산중턱의 감자밭에 앉은 강우는 멀리 보이는 자신의 집을 한참 동안 노려본다. 먼 거리지만 마당에서는 사람들의 움직임이 얼핏 보이고 다행히 선영의 모습은 보이지 않는다. 크게 한숨을 내쉬는 강우. 감자 꽃을 따서 손가락에 얹어보며 그 위에 얹히는 선영의 하얀 손을 상상해 본다.

해질 무렵이 돼서야 강우는 마을로 내려오는데 근처에서 익숙한 낡은 풍금소리와 몇몇이 부르는 찬송가 소리가 들린다. 그 소리에 강우는 갑자기 귀를 막고 전력으로 집을 향해 달리는데 양손으로 귀를 막고 뛰다 보니 걸음걸이가 부자연스럽다. 결국엔 논두렁에서 넘어지고 만다. 그런데 강우는 넘어지면서도 이상하리만치 귀를 막은 손만은 절대로 떼지를 않는다. 강우는 온몸이 흙투성이가 되어 집에 도착하는데 이미 대문 밖엔 낮에 왔던 아줌마들이 어머니의 배웅을 받고 있다. 강우는 급히 옷에 묻은 흙을 털고는 달려가서 어머니 뒤에 숨는다.

"어디 갔다 이제 와? 이리 와 봐! 아줌마가 한번 안아 보자. 계집애보다 더 이쁘게 생겼다니까. 강우야, 이거 아무도 주지 말고 혼자서 사탕 사 먹어라."

강우는 아줌마들에게 몸을 맡긴 대가로 백 원짜리 몇 개를 얻고선 다시 어머니의 뒤에 숨는다. 어머니는 손님들을 배웅하고는 법당 안에 걸려 있는 가지각색의 종이로 만든 연등에 촛불을 붙이기 시작한다. 그리고 향로에 향불을 잔뜩 피워 놓고는 한동안 축원기도를 하는데 집 안은 이미 향불 연기와 냄새로 가득하다. 그러나 강우는 오히려 그런 것이 편한지 법당 구석에 배를 깔고 누워선 법당 위에 차려진 곶감과 시루떡을 유심히 바라보던 강우의 눈에 초점이 점점 흐려진다. 기도를 마친 어머니가 촛불을 끄고 돌아앉아서 강우를 보면, 이미 잠들어 있다. 어머니는 강우를 법당 아랫목에 자리를 깔고 눕히는데 강우는 뭔가를 먹는 꿈을 꾸는지 입을 연신 오물거린다.

2

4년 후… 마을이 제법 커진 모습이다.

30호 정도 되던 산골마을이 이제 70호가 넘는 큰 마을로 변해 있다. 그러나 여전히 마을로 들어오는 길은 돌과 자갈이 섞인 흙길이다. 그 길을 따라서 이제 갓 중학생이 된 강우가 어설퍼 보이는 교복을 입고 걸어가고 있다. 다른 중학생들은 자전거를 타고 강우 옆을 아슬아슬하게 스치듯 지나가는데 강우의 행동이 이상하다. 강우는 그들에게 무슨 죄인인 양, 시선도 피하며 산기슭 쪽으로 바짝 붙어서 걷고 있다. 그때, 누군가 강우의 가방을 확 잡아당긴다.

"야! 김강우. 헉헉. 아휴… 힘들어 죽겠네. 그렇게 불렀는데 뒤도 안 돌아보냐?"

　너무 놀란 강우는 비명을 지르며 그 자리에 주저앉는데, 그런 강우의 모습에 더 놀라는 선영이다.

　"왜… 왜 그래? 내가 뭘 했다고…"

　식은땀까지 흘리는 강우. 괜히 미안해진 선영은 가방에서 손수건을 꺼내 강우의 얼굴을 닦아 준다. 얼굴이 상기된 강우는 선영의 손을 뿌리치며 일어나서 집 쪽으로 걸어가고, 무안해진 선영은 강우 뒤를 조심스럽게 따른다. 선영이라면 사죽을 못 쓰던 강우도 오늘만은 선영을 피하고 싶은지 마을로 들어서자마자 급히 집으로 도망치듯 뛰어가 버린다. 그리고 어디선가 들리는 풍장소리…

　다음 날 아침, 고사리와 무나물과 김치가 차려진 밥상에서 밥을 먹고 있는 강우.
　어머니가 양철도시락을 챙겨서 방으로 들어온다.

　"많이 먹어. 그리고 도시락 반찬에 고기산적 넣었으니까 친구들하고 나눠 먹고."

　고기산적이라는 어머니의 말에 어두웠던 강우의 얼굴에 화색이 돌기 시작한다.

"고기요? 무슨 고긴데요?"

"어제 굿하기로 한 손님이 안 왔지 뭐냐. 아휴, 굿 준비하는데 있는 돈다 써 버렸는데 큰일이다. 쌀도 사야 하는데…"

강우는 어머니의 걱정보단 고기산적이 담겼다는 양철도시락에 관심이 간다. 얼른 챙겨들고 급히 학교로 향하는 강우. 도시락이 든 가방을 쓰다듬으며 개선장군처럼 당당히 걷고 있다. 그리고 오늘은 자전거를 타고 가는 친구들이 전혀 부럽지 않아 보인다. 오히려 그들을 약간 깐보는 표정도 넌지시 보이며 주변을 두리번거리기까지 한다. 수업시간에도 괜히 얼굴에 미소가 떠나질 않는데, 강우의 시선이 고정된 곳에 선영이 있다. 워낙 작은 시골 학교라서 반이 하나밖에 없었기에 강우와 선영은 자연스럽게 계속 한 반이 될 수가 있었다. 교실 벽에 붙어 있는 낡은 시계초침이 점심시간으로 다다르자 강우는 긴장하며 책상 밑으로 손을 넣어 양철도시락을 계속 만지작거린다.

드디어 점심시간을 알리는 종소리!

교실 안은 왁자지껄 떠들며 각자의 도시락을 꺼내는 아이들의 신난 아우성으로 가득하다. 찰나의 순간에 이미 교실 안은 신 김치 냄새, 고추장 냄새와 장아찌 냄새 등으로 가득 차오르지만 오히려 그런 쾌쾌한 냄새들이 익숙한 아이들의 모습이다. 왁자지껄 떠드는 틈을 타서 강우는 책상 밑의 양철도시락을 꺼내 들고는 조심스럽게 선영의 옆자리로 옮긴다. 그리고 약간 찌그러진 양철도시락을 책상 위에 올려놓고는 모른 척 뚜껑을 열어 보인다. 선영의 도시락은 플라스틱으로 된 신식이지만 반찬은 신

김치 볶음에 검은 콩자반이 전부다. 드디어 강우가 도시락 뚜껑을 열면, 어머니의 정성과 손맛이 더해진 비릿한 간장양념 향기가 풀풀 나는 고기가 보인다.

"어머! 이거… 고기 아니야? 우와… 맛있겠다."

선영의 두 눈이 휘둥그레지며 강우의 도시락에 시선이 고정된다.

"너 먹어!"
"정말? 이거 나도 먹어도 되는 거야?"

강우는 고개를 끄덕이고 이내 허겁지겁 젓가락으로 고기를 집어 먹는 선영. 그 모습을 흐뭇하게 바라보던 강우는 조심스럽게 선영의 도시락을 잡아당긴다. 그러곤 정작 자신은 신 김치와 콩자반을 그 어느 때보다 맛있게 먹는데, 선영은 볼품없는 자기 반찬을 맛있게 먹어 주는 강우를 보며 해맑게 웃어 준다. 그런 둘의 모습을 몇몇 친구들이 질투 어린 시선으로 보고 있지만 강우는 전혀 그들이 두렵지 않다.

수업이 끝나고 모두들 집으로 향하는데 평소와 다르게 강우 곁엔 세상에서 가장 이쁘고 착한 선영이 함께 흙길을 걷고 있다.

"오늘은 생각지도 않은 고기를 먹고… 아마 하나님이 내 기도를 들어주셨나 봐. 얼마 전부터 가끔이라도 고기 먹을 수 있게 해 달라고 기도했었거든. 헤헷."

그 말에 더욱 자신감이 생긴 강우는 조심스럽게 선영의 곁으로 붙더니 일부러 선영의 하얀 손을 슬쩍슬쩍 부딪치며 걷는다. 강우의 손이 닿을 때마다 선영의 얼굴은 약간 벌겋게 상기되고 강우도 어딘가가 딱딱하게 경직되는 것을 느낀다. 그렇게 설렘 가득한 두 사람. 그런데 갑자기 뿌연 흙먼지가 덮어 버리며 자전거 무리가 아슬아슬하게 그들을 스쳐간다. 선영은 가방에서 급히 손수건을 꺼내서 입을 막는데, 그 모습에 강우는 자전거가 없는 자신의 처지가 괜히 민망해진다.

그날 밤, 어머니의 심부름으로 이웃집을 다녀오던 강우는 먼 거리지만 교회 근처를 지나게 된다. 그리고 정확하고 익숙하게 꼭 같은 시간에 울리는 교회 종소리와 낡은 풍금소리가 들려온다. 그 소리에 강우는 머리가 어지럽고 매스꺼워지는 걸 느끼며 양손으로 귀를 막고선 집으로 내달리기 시작한다. 제법 커 버린 강우는 넘어질 듯 뒤뚱거리는 조금은 우스꽝스런 모습이지만 4년 전처럼 넘어지진 않고 겨우 집에 도착한다. 숨이 턱까지 차는 강우. 집 마당에서야 비로소 뭔지 모를 안도감이 든다. 그때 강우의 코를 자극하는 반가운 고기산적 냄새가 부엌에서 솔솔 풍겨 나온다.

"들어왔니? 어서 저녁 먹어라. 오늘은 일찍 먹고 윗집 아줌마 치성 드려 줘야 해."

강우에겐 지금의 저녁식사보다 내일의 점심도시락이 더 신경 쓰인다.

"엄마, 혹시 고기 남은 거 또 있어?"

"치성 드리려고 산적해 놓은 거 있는데 왜?"

"그거 치성 드리면 먹을 수 있는 거지?"

"내일 아침까지 부처님 앞에 놓아두면 먹을 수 있지. 도시락 반찬 때문에 그러냐?"

웃으며 방으로 들어가는 강우. 새벽까지 어머니의 징소리와 치성소리가 계속되고 강우는 그 시끄러운 소리를 자장가 삼아 곤히 잠이 든다.

다음 날, 평소보다 일찍 일어나서 세수를 하고 운동화에 묻은 흙을 닦아내고 있는 강우. 오늘따라 옆에서 계속 강우를 툭툭 치는 바둑이가 귀찮게 여겨진다. 오늘 강우가 기다리는 건 어머니의 아침 치성이 끝나는 소리다. 잠시 후, 징소리가 멈추고 어머니가 부엌으로 들어가자, 강우는 때 맞춰 법당에 들어가서 옥춘사탕과 곶감을 가방에 넣기 시작한다. 이른 아침식사를 마치고 집을 나서는 강우. 오늘따라 날이 흐린 게 비라도 올 모양이다. 강우는 어머니가 챙겨 주신 우산을 들고선 흙길을 따라 휘파람을 불며 학교로 향하는데, 궂은 날씨쯤은 책가방에 들어 있는 자존감을 방해하진 못하는 모양이다. 그때, 갑자기 뒤에서 경적이 울리더니 낡은 트럭이 흙먼지를 일으키며 달려오고 있다. 트럭 뒤에는 학교 가는 학생들로 이미 가득하지만 걷는 아이들을 보면 멈춰 서서 태우고 있다. 그런데 강우의 행동이 수상쩍다. 먼발치에서 트럭을 보자마자 급히 산으로 몸을 숨기고 트럭이 가까워지자 나뭇가지 사이로 더욱 몸을 숨긴다. '산양골 교회'라고 적힌 나무판을 단 트럭 조수석에는 선영이 보이고 뒤에

짐칸에는 마을 학생들이 가득하다. 강우는 트럭이 시야에서 거의 벗어나는 걸 확인하고서야 흙길을 다시 걷기 시작한다. 그런데 조금 전처럼 당찬 걸음이 아닌, 뭔가 잔뜩 주눅이 든 걸음걸이다.

한 시간을 걸어서 겨우 교실에 도착한 강우.
힘없이 자리에 앉는데 누군가 다가와 강우의 등을 툭툭 친다.

"강우야… 아까 왜 산에 들어가 있었어?"

선영의 말에 화들짝 놀란 강우는 배를 움켜쥐고 화장실로 도망치듯 내달린다.

"어… 어뜩하지. 아까 날 본 거 같은데…"

창피함에 얼굴이 굳어지는 강우.

잠시 후, 교실 안은 점심시간을 알리는 종소리가 울려 퍼지고 여느 때와 같이 일순간에 쾌쾌한 반찬 냄새들로 가득해진다. 강우는 어제와 달리 조금은 의기소침한 모습이지만 조심스럽게 선영의 옆자리에 앉아서 양철도시락을 올려놓는다. 선영도 신식도시락을 꺼내서 여는데 반찬은 여전히 콩자반과 장아찌가 전부다. 드디어 양철도시락을 여는 강철, 어제보다 더 강하게 비릿한 간장양념 냄새가 교실 안에 진동하며 선영의 눈은 또다시 고기산적에 고정된다.

"우와! 또 고기네. 냄새가 어제보다 더 좋은데…"

아침에 있던 일 때문에 의기소침하며 잠시 머뭇거리던 강철은 선영의 반응에 용기를 얻고서 살며시 양철도시락을 선영의 책상 쪽으로 밀어준다.

"오늘도 바꿔 먹자. 난 속이 안 좋아서…"
"정말? 그래도 너희 엄마가 너 먹으라고 싸 주신 건데…"
"괜찮아. 난 매일 먹는데 뭐… 얼른 먹어."
"그래도 미안한데… 먹어도 될까."

선영은 말만 그렇게 할 뿐, 이미 고기를 입에 물고 연신 오물거리고 있다. 강우는 그런 선영의 모습을 흐뭇하게 바라본다. 아침에 잃었던 자신감을 완전하게 회복한 강우는 젓가락으로 고기를 들어 선영의 수저에 올려 놓아주기까지 한다.

그날 오후, 흙길을 따라서 나란히 걷고 있는 강우와 선영이 서로 정겹게 보인다. 강우는 가방에서 곶감을 꺼내서 선영에게 건네주지만 녹아버린 옥춘사탕은 감춘다.

"곶감 엄청 좋아하는데. 고마워. 강우야."

곶감을 입에 물고 해맑게 웃는 선영의 모습에 강우의 심장은 심하게 요동친다.

강우는 어제보다 더 강하게 선영의 손을 부딪치는데 심장이 두근거리고 얼굴이 화끈거리는 모습이다. 머리는 멍해지고 자신도 억제할 수 없이 뭔가가 꿈틀거리는 듯하다. 결국 강우는 선영의 하얀 손을 덥석 잡곤 앞만 보며 걷는데 선영도 발걸음을 맞춰 주며 어느새 두 사람의 손은 설렘의 땀을 내뿜고 있었다. 지금, 강우의 발은 마치 구름 위를 걷는 것 같이 허공에 뜬 느낌이다. 머리는 멀미를 하는 것처럼 어지럽기까지 하다.

그런데 그 모든 것이 트럭의 경적소리에 깨지고 옆에 멈춘 트럭에는 목사인 선영의 아버지가 타고 있다. 놀란 선영은 매몰차게 강우의 손을 뿌리치고 강우의 몸은 마치 잠자다 가위에 눌린 듯 그 자리에서 얼어 버렸다. 선영이 트럭 문을 열고 조수석에 올라타자마자 트럭은 매몰차게 출발하고 뒤 칸에 가득한 마을 학생들이 보인다. 그렇게 덩그러니 혼자 남겨진 강우는 아침에 느꼈던 자괴감보다 더 큰 마음의 상처를 안고 집으로 향한다.

한 시간을 걸어서 마을 어귀에 도착한 강우는 뭔가에 이끌려 교회 쪽으로 들어서며 익숙한 말소리를 듣게 된다. 교회 안에서 새어나오는 고함소리와 선영의 울음소리.

"너… 아빠가 그놈과 가까이하지 말라고 했지? 왜 그렇게 말을 안 들어?"

강우는 심장이 내려앉는 두려움으로 집을 향해 뛰기 시작한다. 집에 와서도 뭔지 모를 죄책감과 불편함을 떨칠 수가 없고, 좀 전에 느꼈던 황홀한 경험도 죄의식으로 바뀌고 말았다. 머리가 아프고 괴로운지 곧바로 법당 안으로 들어가서 익숙한 향불 냄새와 부처님을 바라보지만 여전히 강우의 얼굴엔 식은땀이 가득하다.

3

다음 날 아침, 강우는 평소보다 짙은 향불 냄새와 어머니의 경 읽는 소리에 눈을 뜬다. 그런데 강우의 온몸은 식은땀으로 젖어 있고 기분 나쁜 두통이 머리를 대못으로 휘젓는 느낌이다. 어머니는 걱정스런 표정으로 강우의 이마에 젖은 물수건을 얹어 조심스럽게 열을 내려주는 모습이다.

"강우야, 많이 아프니? 밥 먹을까?"

강우는 머리를 절레절레 흔들며 고개를 돌려 눈을 감는데 속도 매스꺼운 모양이다. 잠시 후, 어머니의 경 읽는 소리가 계속되고 법당 안을 가득 메운 향불 냄새가 오늘따라 강우에게는 약이 되는 느낌이다. 점점 마음이 편해지고 익숙한 안정감이 들며 식은땀도 멈추고 정신도 맑아지는 것 같다. 그러나 강우는 어쩐지 학교에 가고 싶지 않은 모양이다. 강우는 그냥 이대로 깊은 잠이 들었으면 좋겠다는 생각뿐이다. 얼마 후, 윗집 아줌마가 법당에 들어오며 어머니께 잣죽이 든 냄비를 주신다.

"강우가 많이 아픈가 보네요. 아휴, 가족이라곤 강우 하난데… 보살님이 걱정이 많으시겠어요. 이거라도 먹여 보세요!"

"이런 귀한 걸…"

"그런데 어디가 아픈가? 감긴가…"

"어제 밤부터 뭔가에 홀린 것처럼 헛소리를 하는 것이 산신(山神)이 노하신 건 아닌지 모르겠네요. 산신(山神)님이 이 애의 신기(神氣)를 잡아 주셔서 지금까지 아무 일 없이 잘 자라 줬는데… 애가 매일 산길을 걸어서 학교를 다니잖아요. 항상 행동을 조심해야 하는데 뭔가 잘못된 건 아닌지 모르겠네요."

"아! 그럴 수도 있겠네요. 아휴, 그럼 치성을 드리면 나으려나? 암튼, 며칠은 학교에 못 가겠네요. 정말 산신(山神)이 노하신 거라면 한동안 고생할 거 같은데…"

자는 척하면서도 어머니와 아줌마의 대화를 엿들으며 학교에 안 가도 된다는 말에 더욱 마음의 안정을 찾는다. 강우는 계속되는 어머니의 경 읽는 소리를 자장가 삼아 스르륵 잠이 들고 따가운 햇볕이 내리쬐는 오후가 되서야 깨는데 두통이 완전히 사라지고 머리가 맑아진 느낌이다. 자신도 신기한지 온몸을 만져 보는데, 더 이상 땀도 나지 않고 몸이 가볍게 느껴진다.

"정말 산신이 노하셨었나?"

가뿐한 몸으로 마당에서 바둑이와 장난치는데 어머니가 화난 표정으로 들어오신다.

"강우야, 너… 요즘 저기 교회 쪽으로 자주 다녔다며?"

"아… 아니, 저번에 심부름 할 때 지나간 게 단대? 그리고 그때도 귀 막고 뛰었어."

"앞으로는 그 근처에는 절대로 가지 마. 돌아서 다녀도 거기로 가면 안 돼! 넌 원래 몸이 약해서 그런 곳에 가면 쉽게 신접해서 몸이 아프다고 했지?"

"알았어! 다시는 그쪽으론 안 갈게!"

대답은 했지만 바둑이를 만지는 강우의 손이 떨리며 두통이 다시 생기는 듯하다.

며칠 후, 학교 갈 준비를 하는 강우에게 어머니가 고기산적이 든 양철도시락을 건네준다. 강우는 몰래 법당으로 들어가서 곶감도 챙기고는 집을 나서서 흙길을 걷고 있는데 뒤로 트럭 소리가 난다. 강우는 죄인처럼 산으로 몸을 피하고 트럭이 시야에서 완전히 사라지는 것을 확인하고는 다시 흙길로 나와서 걷는다. 강우는 지친 모습이 역력해서 교실에 도착해 자리에 앉는데, 아이들이 강우를 보며 여기저기서 쑥덕거리기 시작한다. 강우의 짝인 진섭이도 보이지 않는데, 강우는 교실을 두리번거리고 맨 뒷자리로 자리를 옮긴 진섭이를 보게 된다. 뭔지 모르게 뒤통수가 따가운 게 느껴지고, 그대로 수업이 시작되며 어느덧 점심시간이 되었다. 강우는 다시 선영의 옆자리에 앉아서 고기산적이 들어 있는 양철도시락을 자신 있게 펼쳐놓는다. 그러나 평소와 달리 선영은 콩자반이 든 자기 도시락만 먹는 모습이다. 민망해진 강우는 용기 내어 도시락을 선영의 자리로 밀어주지만 선영은 머뭇거린다.

"이… 이거 안 먹을래?"
"아니야. 괜찮아! 속이 좀 안 좋아서… 그냥 너 먹어."

기어들어가는 목소리로 대답하는 선영은 괜히 강우의 눈치를 본다. 그때, 반장인 태식을 비롯한 아이들이 강우의 주위로 모여든다.

"야, 김강우! 너 왜 자꾸 선영이 옆에 앉아서 밥 먹는 거야? 선영이가 싫어하잖아. 그리고 그 고기… 너네 엄마가 굿한 거 아냐? 어떻게 더럽게 그런 걸 싸오냐?"

태식의 말에 얼음이 된 강우는 얼굴이 홍당무가 되며 심장이 철렁 내려앉는다.

"선영이가 목사님 딸인 거 몰라? 이게 그걸 알고도 그런 더러운 귀신 붙은 걸 지금까지… 너 때문에 선영이가 귀신 붙은 고기 먹고 아파서 이틀 동안 결석했잖아!"
"너희들 강우한테 왜 그래? 강우 때문이 아니야! 내가 고기 좋아해서 먹은 거라고."

강우는 금방이라도 울 거 같은 표정으로 쥐구멍이라도 들어가고 싶은 마음이 간절하다. 그때, 선생님이 들어오며 아이들은 급히 돌아가서 도시락을 먹는 척한다.

"왜 시끄러워? 다들 밥 먹고 풀 뽑아야 하니까 빨리 먹고 운동장으로 나와!"

강우에게 구세주가 되어 준 선생님. 그 상태로 조금만 더 있었으면 강우는 울고 말았을 것이다. 급히 도시락을 덮고는 자리로 돌아와 앉는데 강우는 차마 선영의 얼굴을 보지 못한다. 그리고 양철도시락을 보면 갑자기 뭔지 모를 서러움이 몰려든다.

그날 오후, 힘없이 흙길을 따라서 걷고 있는데 뒤에서 누군가 책가방을 잡아당긴다.

"강우야, 왜 혼자 가? 나도 오늘은 걸어가야 돼. 아빠가 교회 일이 있으셔서 읍내에 나가셨거든. 늦게 오신대. 우리 같이 가자!"

강우는 자신의 고기산적 때문에 아팠다던 선영의 등장에 미안함이 몰려들고 얼굴은 다시 벌겋게 상기된다. 그런데 말없이 손을 잡는 선영의 돌발행동에 강우의 온몸은 전기가 통하는 것처럼 찌릿해지고 심장은 요동치며 머릿속은 아무 생각 없이 하얗게 변한다. 이 순간에 뭐가 더 필요할까. 그냥 시간이 멈췄으면 하는 생각뿐이다. 그러나 강우는 선영이 그렇게 좋아하는 곶감을 가방에서 꺼낼 용기가 나질 않는다. 그렇게 둘은 손을 맞잡고 마을 어귀에 도착하는데 멀리서 풍장소리가 작게 들리기 시작한다. 그 소리에 갑자기 현실로 돌아온 강우는 급히 선영을 산 쪽으로 끌고 들어가서 일부러 집과 먼 곳으로 돌아서 마을로 간다.

"여기로 가면 한참을 더 돌아가야 되는데…"

선영의 말이 들리지 않는지 손을 놓아주지 않고 한참을 돌아서 걷는 강우. 여전히 선영의 손을 잡고 있지만 지금은 그 어떤 설렘도 없이 그저 선영에게 어머니의 풍장소리가 들리지 않기를 바라는 마음뿐이다. 그렇게 둘은 멀리 돌아서 교회 앞에 도착하고 강우는 그제야 선영의 손을 놔주는데 두 사람의 손에는 땀이 가득하다. 그런데 선영은 얼굴에 식은땀까지 흘리며 숨을 헐떡거리며 힘들어한다.

"괜… 괜찮아?"
"응, 괜찮아! 오랜만에 많이 걸었더니 힘들었나 봐. 나, 이제 들어갈게. 잘 가."

잔기침을 하며 교회로 들어가는 선영의 모습에 강우는 왠지 불안감이 엄습해 오고 누가 볼까 봐 얼른 뛰어서 교회를 벗어난다. 집이 가까워질 수록 어머니의 풍장소리는 점점 크게 들리고 딱 봐도 작은 굿은 아닌 거 같다. 골목에서 굿이 끝날 때를 기다리는데 풍장소리에 놀란 바둑이가 싸리대문 밖에 나와서 벌벌 떨고 있는 게 보인다. 손짓으로 부르자 바둑이는 정신없이 뛰어와서 강우에게 안기고 뭐가 불안한지 바둑이와 강우 모두가 사시나무 떨듯이 떨고 있다.

잠시 후, 풍장소리가 끊기고 손님들이 대문 밖으로 나서는 모습이 보인다. 그제야 강우는 바둑이를 안고 집으로 들어가는데, 마당에는 돼지머리와 고기산적, 과일과 시루떡 등이 한 가득이고 흐뭇한 표정의 어머니는 그것들을 정리하고 계신다.

"한동안은 계속 고기반찬 싸 줄 수 있겠다. 그리고 당분간 식량 걱정은 안 해도 되겠어. 이 쌀 좀 봐라. 그리고 너 좋아하는 곶감도 이렇게…"

그런데 갑자기 신경질적으로 바둑이를 내치면서 어머니에게 소리를 치는 강우.

"엄마! 이제 이런 거 하지 마. 애들이 학교에서 무당 아들이라고 내 옆에 앉지도 않는단 말이야. 그리고 저번에 영철이 엄마는 다른 애들한테 나랑 놀지도 말라고 했단 말이야. 그리고 나한테 소금 뿌렸다고. 나 때문에 귀신 붙었다고."

돼지머리를 치우시던 어머니는 말없이 과일과 떡을 부엌으로 나르시는데, 그 모습에 서러움이 폭발한 강우는 결국 울음을 터트리며 흐느낀다.

"엉엉! 나도 친구들이랑 같이 놀고 싶은데… 애들이 나보고 귀신 붙은 놈이래. 그리고 애들이… 엄마 욕하잖아. 귀신 들린 여자라고! 그래도 내 엄만데… 엉엉!"

그때, 갑자기 부엌에서 어머니의 통곡소리가 들리고 강우는 갑자기 심장이 내려앉는 두려움을 느낀다. 어머니가 우시는 건 처음 보기 때문이다. 놀라서 방으로 들어가 온몸을 떨고 있는데 한참이 지나도록 어머니의 통곡소리는 그치지 않는다. 갑자기 밀려오는 죄책감과 어머니가 잘못되는 건 아닌지 하는 두려움에 방문을 열고 나서볼 엄두가 나질 않는다. 그렇게 한참 동안 이어지던 통곡소리가 그치자 강우는 당황하며 애꿎은 바둑이를 와락 안는다. 잠시 후, 어머니는 부엌에서 나오시더니 아무 일 없던 듯이 마당에 있는 돼지머리와 시루떡을 다시 옮기신다. 그 모습을 보고서야 안심이 된 강우는 바둑이를 내려놓고 말없이 과일과 그릇을 옮기다가 옥춘사탕을 입에 물고는 어머니한테 조심스럽게 말을 건다.

"엄마… 이제 굿 끝났으니까 이거 먹어도 되는 거지?"
"먹어… 거기 곶감하고 사과도 먹고! 배고프겠다. 빨리 치우고 밥 먹자."

어머니의 말에 모든 두려움은 사라진 강우는 평소보다 열심히 치우며 어머니 곁에서 일부러 이것저것 맛있게 주워 먹는다. 그날 밤, 강우는 법당에 누워서 치성 드리는 어머니와 부처님의 모습을 번갈아 바라보는데, 뭔지 모를 편안함이 느껴진다.

4

며칠 동안 선영이 학교에서 보이지 않는다. 강우는 무슨 일인지 걱정되지만 물어볼 친구가 없다. 짝이었던 진섭이도 부모님 성화에 강우 곁을 떠나며 그나마 있었던 친구도 사라졌기 때문이다. 점심시간인데 어찌된 일인지 강우는 양철도시락을 꺼내지 않고 밖으로 나가서 운동장 구석에 앉는다. 오늘따라 날씨가 정말 화창하고 바람에서도 최고로 신선하고 좋은 냄새가 난다. 강우에게 오늘은 좋은 일만 생기고 뭘 해도 잘될 것 같은 그런 날인 것처럼 느껴진다. 그렇게 기분 좋게 다시 교실로 들어가는 강우. 오후가 되고, 수업을 끝내고 흙길을 따라서 집으로 걸어가는데 선영이 없는 길을 혼자 걸으려니 참 멀게 느껴진다.

산중턱에 도착할 무렵, 갑자기 흙먼지를 일으키며 태식이와 아이들이 자전거로 강우를 가로막는다. 태식이 강우를 무섭게 노려보고 다른 아이들은 강우를 둘러싼다.

"무당 아들! 너 때문에 선영이가 아픈 건 아냐? 니가 며칠 전에 선영이를 산으로 데려갔었다며? 거기서 뭔 짓을 한 거냐?"

"혹시 너, 선영이한테 나쁜 짓 한 거 아니야?"

"그리고 너네 집 때문에 우리 마을이 시끄러워 죽겠어."

"맞아! 귀신 들린 너네 엄마가 며칠 동안 마을 시끄럽게 굿을 하는 바람에 잠도 못 잤다니. 그리고 너네 엄마, 작두에도 올라갔다며? 그게 어디 사람이냐? 귀신이지."

태식이 강우에게 다가서더니 멱살을 잡는데, 강우는 아무것도 할 수가 없다.

"너! 선영이한테 뭔 짓 했냐고. 너도 남자라고 선영이를 어떻게 한 거 아니야?"

강우는 선영이가 아프다는 것만 걱정되는데, 갑자기 태식이 강우의 바지를 벗긴다.
"말 한마디 못 하는 벙어리 주제에… 사내놈이 맞긴 한지 확인해 보자."
"맞아! 난 저놈 말소리도 못 들었어. 아마 고추도 없을 거야."

아이들이 강우의 손과 발을 잡고 바지와 팬티를 내려 버린다. 길거리에서 아직 음모도 나지 않은 강우의 하얀 고추가 다 내보여지고 말았다.

"어? 있긴 있네. 우와, 엄청 큰데. 아직 털도 안 났잖아."
친구들은 번갈아가며 강우의 하얀 고추를 만지며 키득키득 댄다.

"야, 이것 봐. 만지니까 점점 더 커져. 완전 딱딱해졌는데…"

그때, 어디선가 날카로운 여자의 목소리가 들린다.

"야! 너희들 뭐하는 거야. 그거 안 봐? 선생님한테 이른다."

모두들 뒤돌아보는데 선영이 잔뜩 화난 표정으로 서 있다. 놀란 아이들이 급히 자전거를 끌고 도망치는데, 강우는 선영을 보고는 몸이 굳어 움직일 수가 없었다. 선영은 강우의 바지와 팬티를 주워서 건네주는데 자기도 모르게 강우의 하얀 고추를 흘깃 보고는 갑자기 손으로 눈을 가린다.

"나… 나… 아무것도 못 봤어. 빨리 옷 입어. 강우야."

그제야 자신이 알몸이라는 걸 인식한 강우는 서둘러 옷을 입고 흙길을 따라 내달린다. 선영이 뒤에서 강우를 부르는 소리가 들리지만 지금 강우는 죽고 싶은 심정뿐이다. 얼마를 달렸는지 숨이 턱까지 차고 힘들지만 지금의 수치심이 더 고통스럽다.

반절의 시간 만에 집에 도착한 강우의 온몸은 이미 땀으로 범벅이 되었다. 바둑이가 따라와 반기지만 강우는 본 척도 않고 방으로 들어가서 이불을 뒤집어쓰고 차라리 어머니가 이 세상에서 사라졌으면 하는 생각으로 어머니를 원망한다. 그때, 귀에선 풍장소리의 환청이 들리고 강우는 귀를 막고 괴로워한다.

"그만! 제발 그만하란 말이야!"

그렇게 늦은 밤이 되고 배에서 꼬르륵 소리가 나서 깨는데, 강우는 그제야 집에 어머니가 안 보인다는 걸 안다.

"오늘은 굿도 없고 어딜 다녀오신다는 말도 없었는데, 이상하다."

갑자기 불길한 예감에 휩싸이며 안방에 들어가 보는데 어머니가 평소 가지고 다니던 가방이 보이지 않는다. 부엌에는 항상 차려져 있던 강우의 밥상도 보이지 않는데, 이런 일은 전에 한 번도 없었다. 집 나가 있는 사람의 밥은 꼭 차려 놔야 한다며 부엌에 강우의 밥상은 항상 차려 놓으셨다.

마지막으로 법당 문을 열어보던 강우는 그만 너무 놀라서 뒤로 나자빠지고 만다. 법당 안이 텅텅 비어 있는 것이다. 부처님도, 징과 북도, 향불 단지도 보이지 않고 벽에 붙여 있던 탱화도 사라졌다. 불길한 예감은 거의 확신으로 굳어지며 강우의 심장을 옥죄여 온다. 그때, 싸리문이 열리며 윗집 아줌마가 급히 강우를 찾는다.

"가… 강우야! 보살님 계시니?"

놀란 강우는 고개를 절레절레 흔드는데, 아줌마가 갑자기 마당에 주저 앉는다.

"아이고, 그럼 그게 보살님인가. 아휴, 이를 어쩌나."

그리고 마을 아줌마들이 집 안 마당으로 모여드는데 강우는 점점 더 불안해진다.

"여기 없대요? 그럼 맞네. 강우 엄마야!"

"무슨 일인데 그래?"

"저쪽 큰길에서 어떤 아줌마가 교통사고가 나서 실려 갔는데 그 아줌마 짐 보따리에 불상이 들어 있었대. 너무 다쳐서 살기 힘들 거 같다고 하던데…"

"그래? 하긴, 이 근방에서 무당질 하는 사람은 강우 엄마밖에 없잖아."

하얗게 질린 강우는 맨발로 마당을 가로질러 무서운 속도로 흙길을 내달린다.

"엄마! 죽으면 안 돼요. 엉엉! 엄마… 내가 잘못했어요."

강우의 뒷모습을 보고는 아줌마들이 안쓰럽게 한마디씩 던진다.

"아휴, 광산사고로 남편 잃고 저것 하나 잘 키워 보겠다고 그 고생을 했는데…"

"그뿐인 줄 알아? 원래 신병이 어린 강우에게 왔는데 아들은 절대 무당 시킬 수 없다며 자기가 대신 내림굿을 받았대."

멀리서도 또렷이 들리는 아줌마들의 말에 강우는 더욱 흐느끼며 아무것도 보이지 않는 캄캄한 흙길을 내달리고 있다. 이미 얼굴은 눈물과 콧물로 뒤범벅이 되었고 흐느낌에 어깨는 들썩인다.

"엄마… 어디 있어? 나, 배고프고 무서워. 어디 있어. 엄마. 엉엉!"

결국, 돌부리에 걸려 넘어지며 얼굴이 깨지고 피가 흐르지만 강우의 울음소리는 메아리가 되어 온 산을 뒤흔든다.

"엄마! 내가 잘못했어. 엄마가 사라졌으면 좋겠다고 생각해서… 엄마가… 엉엉!"

얼마나 울었는지 기력이 다한 강우는 흙길에 쓰러지고 마는데, 저 멀리 달빛에 어렴풋이 비치는 낯익은 모습이 보인다. 점점 강우에게 다가오지만 알아채지 못하고 모든 힘이 다 빠져 버린 강우는 그저 바닥에서 울고만 있다.

"거기 강우냐? 너 여기서 뭐 해? 신발은 왜 안 신었어?"

그제야 강우는 위를 올려다보는데, 작은 키에 항상 입는 한복을 입고 익숙한 가방을 들고 있는 것이 분명 어머니가 맞다. 보고도 믿기지 않는다.

"엄마?"
"밤에 누가 돌아다니라고 했어? 얼굴은 왜 이래? 피가 이렇게 나는데 뭘로 좀 누르지. 아휴, 얼마나 울었으면 딸꾹질까지 하고… 얼른 일어나! 집에 가야지."

강우의 눈앞엔 평소와 같은 어머니가 서 있다. 강우는 일어나서 어머니를 버럭 안고서 어머니 냄새를 맡으며 행복해하는데, 그제야 넘어져 다친 곳이 아파 온다.

"엄마! 나, 배고파! 여기도 아프고…"
"내가 밥상 차려놓고 온다는 게 깜박했다. 얼른 가자."

강우는 어머니의 짐 보따리를 안고선 마을로 향하는데, 마침 멀리서 낡은 풍금소리와 찬송가가 들린다. 강우는 평소처럼 급히 두 손으로 귀를 막지만 어머니가 강우의 두 손을 잡아떼고는 머리를 쓰다듬는다.

"강우야, 이제 안 막아도 돼. 오늘 부처님 다른 곳으로 모셨다. 이제 엄마는 무당이 아니야. 앞으로는 교회 근처로 놀러 가도 된다. 그리고 친구들하고도…"

어머니의 말끝이 흐려지며 눈가에서 흐르는 작은 이슬이 달빛에 비춰 보인다. 그런데 이번에는 강우가 스스로 불편한 소리를 피하려고 귀를 막은 것이었다.

얼마를 걸었는지 저 멀리 집이 보이고 그제야 더욱 편안한 모습으로 돌아온 강우.

"엄마! 그냥 계속 부처님 모시면 안 돼? 난 향불 냄새도 좋고 법당 바닥에서 자면 잠도 잘 오고 굿하면 쌀도… 고기도 생기고 곶감도…"

강우의 말끝도 흐려지는데, 어머니가 강우의 손을 꼭 잡는다.

"향불 냄새가 좋긴 뭐가 좋아. 머리만 아프지. 니가 더 크면 그만두려고
했어!"

강우는 말없이 어머니와 함께 손을 잡고선 집으로 향하는데, 또다시 멀
리서 들리는 풍금소리와 찬송가 소리에 머리가 아파 온다.

몇 개월 후, 어머니가 싸주신 양철도시락을 가방에 넣고선 평소처럼 흙
길을 따라 학교로 걸어가는 강우. 얼마를 걸었을까 뒤에선 여지없이 교
회 트럭 소리가 들리는데 어찌된 일인지 강우는 산으로 피하지 않고 그대
로 길가에 멈춰 선다. 트럭이 멈추고 선영의 아버지가 차를 세우면 강우
는 자연스럽게 트럭 뒤로 올라타려 한다.

"강우야! 오늘은 선영이 옆에 타라! 뒤에는 탈 곳이 없다."

뒤 칸에는 아이들이 잔뜩 타고 있었지만 누구도 전처럼 강우를 놀리지
않고 오히려 반기는 분위기다. 자연스럽게 트럭 문을 열고 선영의 옆에
앉으면 선영이 자연스럽게 강우의 손을 꼭 잡아 주고 강우는 선영을 보며
웃어 준다.

"오늘 저녁에 학생부 예배 있는 거 알지? 다들 모여서 크리스마스 성극 연습할 거니까 늦으면 안 돼!"

"아… 알았어!"

선영의 손을 잡고 있는 강우의 심장은 더 이상 요동치지 않고 오히려 잡은 손에 더욱 힘을 주며 웃는 모습이다. 그렇게 트럭은 흙길을 따라서 시원하게 내달리고 두 손을 꼭 잡은 강우와 선영의 목엔 똑같은 모양의 나무십자가 목걸이가 걸려있다.

- 끝

우리 젊은 날

한 인간이 태어나면서부터 겪게 되는 일련의 삶의 과정들은 거의 비슷하다.

이 과정에서 느끼게 되는 희로애락을 통틀어 우린 한 사람의 인생이라고 말한다. 물론 그런 평범한 삶조차 허락되지 않는 경우도 있겠지만, 성공한 인생이든 실패한 인생이든지간에 우리의 기억 속에서 그런 한 사람의 수십 년 인생의 흔적을 지우는 데 필요한 시간은 정말 슬프게도 겨우 3일 葬이면 충분하다.

1

지수에겐 대학교 입학식 이후로 7년 만에 처음 입어 보는 양복이다.

그렇다고 아직 졸업이 몇 개월 남았으니 사회의 첫 출발을 내딛는 설레는 순간은 절대 아니다. 하나밖에 없는 파란 넥타이도 두르지 못하고 그저 흰색 셔츠만 걸치고 거실로 나오는 지수. 그런 지수에게 아버지가 슬며시 검은 넥타이를 건네주신다.

"그래도 상갓집에 가는데 이거 하고 가거라."

지수는 오늘 둘도 없는 친구인 강우 아버지의 장례식장에 가는 것이다.

명목은 27세의 취업준비생이지만 지수도 얼마 있으면 대한민국 수백만의 백수대열에 합류할 일만 남은 예비백수. 그래도 남들이 알아주는 명문대학에 입학할 땐 꿈도 많았고 뭐든지 다 할 수 있을 거 같았는데… 그에겐 이젠 꿈도 없어지고 뭐든 한 가지도 제대로 할 자신이 없다. 이럴 때 가족 눈치가 보이는 건 어쩌면 당연한 일이 아닐까.

"이걸로 부조금 하고 차비 해라. 밤새 무리하지 말고 일찍 들어오고…"

지수는 아버지가 주시는 돈 봉투를 받아드는데 스스로에게 엄청난 자괴감이 들지만, 지금 그에겐 과연 봉투에 얼마가 들었나에 대한 관심이 오히려 더 크다.

현관문을 나서는 지수. 어머니가 따라 나오시며 양복 주머니에 얼마간의 돈을 집어넣어 주신다. 마음에도 없는 거절을 하고는 받아들고 집을 나서자마자 골목으로 들어가서 봉투를 열어보는 지수. 십만 원이 들어 있다!

그리고 양복 주머니를 뒤적이는데, 반으로 접혀 구겨진 만 원 다섯 장이 들어 있다.

"이게 무슨 횡재인가. 부조금은 오만 원이면 족한데, 십오만 원이라니… 강우야, 너희 아버지한테는 미안하지만… 고맙다."

만원버스에 질려 버린 지수지만 오늘만은 전혀 힘들지가 않고 두둑한 주머니에 오히려 자신감까지 넘쳐난다. 잠시 후, 버스는 어느 대학병원 장례식장 근처에 도착하고 지수는 이내 펄쩍 뛰어내리고는 주변을 두리번거린다. 눈이 내리는 12월의 추운 날씨에 거리는 한산한데, 장례식장 근처라 그런지 더욱 을씨년스럽고 스산한 분위기다. 안내표지판을 찾으려 계속 주변을 살피는데, 지수는 표지판 없이도 뭔가에 이끌려 한 방향으로 걸어가고 있다. 저 멀리서 검은 옷 일색인 사람들이 웅성거리는 모습이 누가 봐도 장례식장인 걸 알 수 있었다.

　장례식장 입구로 들어서는 지수. 밖과는 다르게 수많은 사람들이 내뿜는 소음과 익숙하지 않은 향불 냄새로 정신이 어질하다. 거기에 더해서 참을 수 없이 역겨운 음식 냄새까지 더해져 속이 울렁거리기 시작하며 더이상 그곳에 있을 수가 없었다. 살기 위해 곧바로 바깥으로 나와서 신선한 공기와 고요함 속에 몸을 던지는데, 갑자기 담배 생각이 간절하다. 계속된 취직시험 낙방에 늘어난 건 담배와 주량뿐이다. 주변을 보니 구석진 곳에 흡연구역으로 보이는 담배연기 자욱한 곳이 보인다. 지수는 그곳에 가서 양복 주머니를 뒤적이는데, 담배가 없다. 급하게 나오느라 담배를 청바지에 그냥 넣어두고 온 것이다.

　"이런 젠장! 지금 타이밍에 꼭 피워줘야 되는데… 어떻게 하나? 아무한테나 한 개만 빌려 볼까."

　용기 내서 그래도 착하게 생긴 아저씨한테 다가서는데, 누군가 뒤에서 지수를 부른다.

"야, 한지수! 여기서 뭐해?"

뒤돌아보는데, 영철이와 친구들이 흡연구역으로 몰려오고 있다. 그런데 그들을 보는 지수의 얼굴이 어둡다. 저놈들 대부분은 이미 대기업에 취업이 확정된 친구들이고, 나머지도 공무원시험 결과만을 기다리고 있는 마음 편한 놈들이다. 지수는 갑자기 밀려드는 자괴감으로 움찔한 것이다. 그래도 외모로는 자신이 저놈들보다 훨씬 낫다고 애써 자신을 위로하며 지금은 저놈들 아무한테나 담배를 빌릴 수 있다는 생각에 오히려 반갑게도 생각된다.

"일찍 왔냐? 퇴근하고 함께 모여서 오기로 한 연락 못 받았어?"
"야! 지수는 아직 이잖아. 집에서 곧바로 왔을 걸. 그렇지?"
"그렇지 뭐… 내가 소식이 좀 느리잖아. 다들 오랜만에 얼굴 보니까 반갑다."

지수는 이미 쪽 팔린 것도, 자존심도 잊은 지 오래다. 인생이란 처음보다 끝이 더 중요하다는 말에 그저 위안을 삼을 뿐이다.

"지금은 내 처지가 이렇더라도 앞으로 10년 후엔 어떤 모습일진 오직 하늘만이 아는 거니까 절대 주눅 들 이유가 없다. 암…"

그렇게 대충 친구 놈들의 비위를 맞춰 주며 지수는 자연스럽게 영철이의 담배를 얻어 피우는 데 성공하는데 한동안 참았다 피우니까 그런지 황홀한 기분까지 든다. 그리고 친구 놈들의 따분한 직장 얘기에 장단을 맞쳐 주고는 연속해서 담배 3개를 얻어 피우는 데 성공한다.

"어제 기사 보니까 너희 그룹은 내년에 반도체 분야에 진출한다고 하던데…"

"야, 말도 마라. 지금 내가 맡고 있는 업무 중에 가장 중요한 게 그거잖아. 매일 야근에… 다들 헛짓만 하고 말이야. 나 없으면 어떻게 할지…"

친구 놈의 말이 어찌나 가관이던지 지수는 담배를 빨다가 헛기침을 할 뻔했다.

"미친 놈! 너 잘났다. 그래, 니가 대한민국을 먹여 살린다."

속으로 조소하며 겨우 나오는 기침을 참는 지수.

이제 모두들 담배를 끄고는 본격적으로 문상을 하러 장례식장으로 들어서는데, 입구에서 친구들이 봉투에 부조금을 넣고 이름을 쓰고 있다. 그런데 지수의 생각과는 달리 모두들 십만 원을 봉투에 집어넣는다.

"오만 원으로 생각했었는데… 이 자리에서 나만 오만 원을 집어넣었다가는 죽일 놈이 될 판이고… 휴, 어쩔 수 없지 뭐…"

지수는 십만 원을 꺼내서 봉투에 넣고는 이름까지 멋들어지게 쓰고는 친구들의 뒤를 따른다. 5호 장례식장 앞, '김찬호'라는 이름 밑에 자(子)

김강우라고 쓰여 있다.

"여기가 맞네. 들어가자!"

친구들이 차례로 부의함에 봉투를 넣고 들어가는데, 상주(喪主)란에 쓰여 있는 강우의 이름에 뭔지 모를 섬뜩함에 지수는 잠시 몸이 얼어붙는다. 친구들이 영정 앞에 일렬로 서서는 지수를 보고 재촉하는 눈치다. 겨우 마음을 진정하고 부의함에 봉투를 넣고 친구들 옆에 나란히 서는데, 국화꽃에 에워 쌓인 강우 아버지의 영정사진이 눈에 들어온다. 지금껏 단 한 번도 뵌 적이 없던 강우 아버지의 모습은 지수의 예상과는 달리 너무 젊어 보인다. 겨우 마흔 정도로 보이는 얼굴인데, 지수는 속으로 예전의 젊었을 때 사진을 걸어 놨거니 대수롭지 않게 생각했다.

그렇게 모두들 함께 절을 하고선 상주 앞에 돌아서서 강우 어머니와 강우를 보는데, 얼마나 울었는지 강우의 눈이 퉁퉁 부어 보인다. 서로 맞절을 하고는 한 명씩 강우와 악수를 하고 지나가는데 지수 차례에서 강우가 갑자기 지수를 안고선 울기 시작한다. 지수는 순간 당황했지만, 강우도 아직 취업을 못 한 상태라 자기와 동병상련의 입장에서 그랬을 거란 얕은 생각에 지수도 강우를 꼭 안아 준다.

잠시 후, 지수와 친구들은 옆에 마련된 식당에 모여 앉아 식사를 하며 본격적으로 밤을 새울 준비를 하기 시작하는데 이미 식당 안은 문상객들로 가득 차 있다. 그런데 지수에게 또다시 장례식장에 들어서면서 느꼈던 기분 나쁜 느낌이 들기 시작한다. 밖에서 보다 더 짙은 향불 냄새와 육개장 냄새, 그리고 사람들이 입에서 뿜어내는 퀴퀴한 냄새가 더해져 속을 울렁거리게 한다. 급히 식탁 위에 있는 소주를 종이컵에 따라 마시는데, 술이 들어가니까 덜 한 느낌이다. 친구들도 서로 술잔에 술을 채우며 마시기 시작하고 지수는 여기선 술이 무한리필이란 걸 알기에 질세라 연거푸 마시기 시작한다.

그렇게 취기가 오를 쯤, 옆자리에 중년의 아저씨들이 모두들 눈시울이 붉어진 모습으로 앉는다. 그들도 앉자마자 소주를 따라 마시기 시작하는데, 지수의 테이블과는 사뭇 다른 분위기다. 친구 놈들은 여전히 자기 자랑에 빠져 서로 잘났다고 지랄들인데, 옆 테이블에는 뭔지 모를 슬픔과 무거운 침묵만이 흐르고 있었다. 오히려 친구 놈들의 몰상식한 태도에 지수가 대신 민망해질 만큼 숙연한 분위기다. 우연의 일치인지 지수의 테이블도, 옆 테이블도 7명이 앉아 있었는데 오늘따라 아무것도 아닌 것에 동질감을 부여해 본다.

얼마가 지났을까. 지수는 이미 소주 두 병 정도를 마신 거 같은데 친구 놈들은 자기 어필하느라 지수에겐 신경도 쓰지 않는 모습이다. 그런데 지금 지수는 오히려 자신의 존재에 관심을 가져 주지 않는 친구 놈들이 고마울 따름이다. 오랜만에 공짜 술로 그동안 쌓인 스트레스를 푸느라 마음속으로는 쾌재를 부르고 있었다.

"그래, 너희들은 떠들어라. 여기 있는 술은 내가 다 마셔 주마. 하하!"

옆자리에 있던 분들도 어느 정도 취기가 오르자 하나 둘씩 입을 열기 시작한다.

"저놈… 저렇게 허무하게 갈 놈이 아닌데…"
"내 말이… 아직도 40년은 거뜬히 살아갈 놈이었는데, 이렇게 친구들만 남겨놓고 뭐가 그리 급하다고 저렇게 갔는지…"

순간, 지수는 옆자리의 아저씨들을 유심히 보지 않을 수가 없었다.

"겨우 마흔 살 정도로 보이는 아저씨들이 설마… 강우 아버지의 친구들 이라니 믿기지가 않는다. 우리 아버지는 내년이면 환갑이신데… 아무리 강우를 일찍 낳았어도 우리 아버지와 비슷한 연배일 테고… 이상하다."

지수는 그들을 보곤 처음엔 그저 친한 친척이겠거니 했었다.

"이 사람들 뭐지? 정말 저렇게 젊은 사람들이 강우 아버지 친구란 말이 야. 마… 말도 안 돼! 나이 든 선배 정도로 보이는데…"

지수는 그들에 대한 호기심으로 잠시 올랐던 취기가 점점 사라진다.

2

그렇게 호기심은 호기심으로 묶어놓고 지수는 본전 생각에 언제부턴가 자신도 모르게 일하는 아줌마 대신 스스로 냉장고로 가서 술병을 가져오고 있었다. 여전히 친구 놈들은 자기자랑에 빠져 있고, 지수란 존재는 까맣게 잊은 듯이 떠들고 있었다. 천상의 외톨이마냥 일부러 구석진 자리에 앉아서 연신 소주와 맥주를 말아서 먹는 지수. 이런 호사가 또 언제 다시 올까 하는 생각도 든다. 그런데 이상하게 백여 명이 떠드는 소음 속에서도 계속 옆 테이블 아저씨들의 말소리만이 지수의 귀에 또렷이 들린다.

"짧은 삶이었지만, 찬호 그놈이 그래도 인생은 헛살지 않았어. 이렇게 문상객들이 많은 걸 보면 말이야."

"그건 그래. 자기 주머니 사정도 그런데 찬호 그놈… 그동안 여기저기서 봉사활동도 많이 했다고 하더라고."

"그러니까 더 아까운 놈이야. 내가 알기론 저놈… 얼마 후면 회사 중역으로 승진한다는 말이 있었어. 너희도 알지만, 그 회사 중역이면 연봉이 얼마냐."

"그러면 뭐 하냐? 이제 그런 부와 명예는 살아 있는 다른 놈이 누리겠지. 회사에선 다들 저놈 죽음보다 벌써부터 누가 저놈 자리 대신할지가 더 궁금할 걸."

"설마, 그래도 지금까지 한솥밥 먹고 지냈는데…"

"야! 모르는 소리 마. 3일 장 끝나기도 전에 찬호에 대한 기억은 사라질 테니까."

지수는 점점 아저씨들의 대화에 깊이 빠져드는데 갑자기 영철이가 일으켜 세운다.

사랑…이별…

"지수야. 나가서 담배 한 대 피우고 오자. 너무 안 피웠더니 죽겠다."

한참을 아저씨들의 말에 집중하던 지수는 속으로 영철이가 못마땅한 모양이다.

"이 자식은 대학 시절부터 꼭 중요한 시점에 초를 치는 놈이야."

그러나 어차피 담배도 없는 신세에 억지로 따라 나서지만 시선만은 그들에게서 떨어지지 않는다.

밤이 되자 밖의 기온은 더욱 내려갔지만 흡연구역만은 여전히 만원사례다. 지수는 영철이가 건네주는 담배를 피우기 시작하는데 추위에 다리가 덜덜 떨린다. 그래도 담배 한 모금이 가져다주는 심신의 안정감은 지수에겐 이미 떨칠 수가 없는 유혹이 되어 버렸다. 기왕 끌려 나온 김에 영철이의 담배를 두 개 더 얻어 피우며 문득 옆자리 아저씨들의 대화를 떠올려 보는 지수.

"강우 아버지가 정말 그렇게 젊은가. 그리고 중역이라면 엄청 높은 자리인데…"
"야! 너는 혼자 뭘 그렇게 중얼 거리냐?"
"아… 아니야. 근데 영철아, 혹시 너 강우 아버지에 대해서 아는 거 있어?"
"강우 아버지? 나도 잘은 모르는데… 우리나라 굴지의 건설회사 부장

이셨을 걸."

"그럼 연세도 알아?"

"야! 넌 임마, 아까 빈소에서 못 봤냐? 거기에 출생년도와 졸하신 연도가 쓰여 있잖아. 마흔 둘!"

"뭐? 그럼 강우를 열다섯에 낳으셨단 말이야? 말도 안 돼."

"나도 자세한 건 몰라. 워낙 강우 자식이 집안 얘기는 안 했잖아?"

황당함에 지수는 자신도 모르게 피우던 담배를 떨어뜨리고 만다. 점점 강우 아버지에 대한 궁금증과 덩달아 옆자리 아저씨들에 대한 궁금증도 더해 간다.

"어떻게 열다섯에 애를 낳을 수가 있지? 열다섯이면 중학생이었을 텐데…"

영철이 담배를 한 개 더 얻어 피우고는 급히 장례식장 안으로 들어가는 지수.

다행히 옆자리에 계속 앉아 있는 아저씨들이 보인다.

"하긴, 친구의 장례식인데 분명 저분들도 밤을 세고 갈 것이 뻔하지."

지수는 빈소 안으로 들어와서는 능청스럽게 다시 옆자리에 앉으며 잔에 소주를 따라 채운다. 그런데 이번에는 지수에겐 관심도 없던 친구 놈이 그의 곁에 앉더니 술을 따라주면서 친한 척이다.

"지수야, 많이 힘들지? 요즘 취업하기가 워낙 힘들어야지. 그래도 너 정도 실력이면 백수생활이 그리 오래가진 않을 거야. 이거 마시고 기운 내라."

지수는 그 자식의 말에 있던 기운도 빠지는 느낌이다. 그런데 이놈은 눈치 없이 가질 않고 계속 지수에게 말을 걸어댄다. 지수는 아저씨들 대화에 집중해야 되는데, 반갑지 않은 불청객이 방해를 하고 있는 것이다.

"평소엔 연락도 없던 놈이 오늘따라 친한 척하고 지랄이야."

속으론 그놈을 욕하면서도 자신의 처지에 반갑게 화답하는 척이라도 할 수밖에 없는 상황이 지수는 참 슬프게 느껴진다.

그때, 지수의 귀에 나지막하게 들리는 아저씨들의 대화소리가 들리기 시작한다.

"찬호가 아들 하나뿐이었지?"
"그래, 강우 하나밖에 없었지. 저놈 집안이 워낙 손이 귀한 집안이라 찬호가 중학교 때 재수 씨와 결혼해서 찬호를 봤잖아. 그때 그 일로, 학교가 발칵 뒤집혔었지."
"맞아! 선생님은 찬호 부모님을 찾아가서 말리기까지 했었잖아. 그런데 어쩔 거야. 양쪽 집안이 모두 찬성하고 당사자들도 좋다는데…"
"강우 저놈이 아마 8대 독자일 걸… 찬호가 7대 독자였으니까."

그제야 강우의 출생비밀이 어느 정도 풀리기 시작했다. 그래도 어떻게 중학교 때… 그리고 그 어린 나이에도 아이를 낳을 수가 있다니 신기할 따름이다.

　　"대학교 때인가… 찬호가 여자 애들한테 인기가 많았는데 재수 씨가 있으니 어쩔 거야. 그래도 저놈이 딴 생각 한번 안 하고 오직 재수 씨하고 어린 강우만 생각하며 열심히 공부해서 대기업에도 합격하고… 정말 대단한 놈이었어."

　　"그뿐인가? 중풍에 걸린 아버지를 10년이나 지극정성으로 모셔서 도지사 표창까지 받았잖아."

　　"그런 일이 있었어? 난 금시초문인데…"

　　"찬호가 원래 안 좋은 일은 친구들한테 얘기 안 하잖아! 지 아버지 아픈 것도 숨긴 거지 뭐. 좋은 일만 얘기하고… 그래서 친구들이 저놈을 다 좋아한 거 아니냐."

　　지수는 아저씨들의 대화에 점점 시들해지는 느낌이다. 더 이상 흥미진진함 없이 그저 고인에 대한 칭찬일색인 대화에 시큰둥해지고 있는 것이다. 강우 아버지가 모범적인 사람이라는 건 이제 더 듣지 않아도 짐작할 수 있는 사실이었다. 지수는 돌아앉아서 눈치 없이 계속 혼자 떠들어대는 친구 놈에게 소주를 한 잔 따라 주고 그놈 기분이라도 맞춰 주려고 이것저것 형식적인 물음을 던져 본다.

　　"회사 생활은 할 만 하냐? 너희 회사가 그래도 우리나라 30대 대기업 안에 들어가니 넌 걱정 없겠다. 안 그러냐?"

"야! 해 봐야 알지. 적성에 맞는지도 봐야 되고. 조금 해 보다가 아니다 싶으면 다른 곳을 알아봐야지. 그래도 나, 스카웃하려는 회사가 여럿 있어."

지수의 속은 점점 부글부글 울화가 치밀기 시작한다.

"조금 띄워 줬더니 이놈의 기고만장이 점점 하늘을 찌르네. 그래도 어쩌겠나. 지금은 이놈이 '갑'이고 내가 '을'인 처지이니 참아야지. 학교 다닐 때 같으면 그냥 술자리를 엎어서라도 따끔하게 저놈 처지에 대해 따끔하게 충고해 줬을 텐데, 지금 그러면 그저 취직 못 한 못난 놈의 시기 어린 질투로밖에 보이질 않을 것이다."

3

그렇게 얼마간의 시간이 지났을까. 친구 놈들도 어느 정도 취기가 오르며 이제 본격적인 술자리가 벌어지기 시작했다. 지수도 질세라 여전히 계속 술을 들이키며 부조금 본전을 만회할 생각밖에 없었다. 부조금으로 자신의 예상을 훨씬 빗나간 십만 원이나 내지 않았는가? 내심 부조금 오만 원 내고 나머지로 당분간 용돈은 해결할 수 있겠다 싶었는데 이제 수중에 남은 돈이라곤 어머니가 주신 오만 원이 지수가 가진 전부다. 이것으론 당분간 담배 사 피우기도 버겁다. 암튼 오만 원 추가 지출에 대한 보상심리라고나 할까. 강우에게는 미안하지만, 지수는 오늘 여기 있는 술의 일할은 먹고 가야 아픈 속이 풀릴 것 같다. 그렇게 연신 소주를 따라 마시는데 누군가 지수 옆에 앉아서 어깨를 감싼다. 순간, 이거 또 어떤 놈이 자기 자랑하러 온 걸 테지 하는 생각하고 옆도 돌아보지 않고 술만 마셨다.

"술 좀 천천히 마셔."

의외로 나긋나긋한 말소리에 옆을 보니, 상주인 강우가 지수를 보며 입가에 미소를 짓고 있다. 강우의 등장에 놀라기도 했지만, 지수는 앞에 놓여 있는 빈 술병들 때문에 민망해진다. 지수는 얼른 술잔을 놓곤 애서 침착한 척하며 안타까운 표정까지 지어 보인다.

"강우야… 이렇게 황망한 일을 겪어서 얼마나 힘드니 어머님도 그렇고…"
"괜찮아. 예상했던 일인데 뭐… 그래도 니가 와 줘서 정말 힘이 된다."

이게 무슨 말인가. 마흔 두 살이라는 나이에 요절하신 아버지의 일을 예상했던 일이라니, 혹시 지수가 모르는 또 다른 사실이 있는 건 아닐까? 자신도 모르게 궁금증이 폭발해서 조심스럽게 강우에게 고인에 대해 이것저것 물어보기 시작한다.

"너희 아버님이 그렇게 젊으신 줄은 몰랐어. 영정사진 보고 깜짝 놀랐잖아. 그런데… 어떻게 이렇게 갑자기 돌아가신 거야? 혹시 예상한 일이라면… 지병으로…"

"지병이라… 글쎄! 그게 지병일 수도 있겠다."

강우는 더 이상 아무런 말도 하지 않고 쓴웃음을 지으며 잔에 소주를 따라 마신다. 지수는 자기가 뭘 잘못 물어봤나 하는 생각도 들고, 이놈도 여간 입이 무거운 놈이 아니란 걸 알기에 더 재촉할 수도 없었다. 그저 빈 잔에 소주를 따라 주며 강우의 어깨를 다독여 주는데, 친구 놈들이 강우를 보더니 지수 옆자리로 모여들기 시작한다. 그리고 너무나 형식적인 안타까움을 표시하며 누구라 할 거 없이 서로의 얼굴도장을 찍느라 정신이 없는 모습이다.

"큰일 치르느라 많이 힘들지? 내가 뭐 도와줄 거라도 있으면 언제든 말해."

"그래! 친구 좋다는 게 뭐냐? 나도 힘닿는 데까지 도울 테니까 언제든지 말해라."

강우는 어쩔 수 없이 친구 놈들의 형식적인 위로에 애써 웃으며 화답하는 눈치인데, 지수는 어느 순간에 구석으로 밀려난 모양새다. 갑자기 속에서 울화가 치미는데, 강우를 생각해서 참는 모습이다. 그렇게 한동안 친구 놈들에게 에워싸여서 시달림을 당하던 강우는 다른 문상객이 오는 바람에 다시 빈소로 들어가는데 지수의 눈엔 그런 강우의 뒷모습이 오히려 홀가분하게 보인다.

시간은 자정으로 돌아서고 또 다른 한 무리의 아저씨들이 문상을 마치고 우르르 식당으로 몰려든다. 장례식장 중에서 가장 큰 식당인데도 이미 모든 자리가 가득 차 있어서 무리의 아저씨들은 어쩔 수 없이 친구 놈들의 옆자리에 합석을 한다. 기존에 지수의 궁금증을 해소해 줬던 아저씨들은 구석진 곳으로 옮겨서 어느새 화투판을 벌인 지 오래다. 초저녁까지만 해도 눈시울까지 붉히면서 그렇게 고인의 죽음을 안타까워하던 모습은 어디로 가고 그저 화투판의 판돈에 온 신경이 가 있는 모습이다. 그런데 지수의 눈에 이번 아저씨들은 뭔가 달랐다. 자리에 앉자마자 어깨까지 들썩이며 흐느끼는 모습이 혹여 강우의 가족들이 아닌가 싶을 정도로 슬픔에 빠져 있는 모습이다. 일하는 아줌마들이 상을 차려 놓지만 여전히 7명의 아저씨들은 음식에는 손도 대지 않고 말없이 고개를 숙이고 눈물을 훔치는 모습이다. 그러고 보니 여기도 7인이다. 화투판으로 옮긴 아저씨들도 7인이고, 지수를 포함한 친구 놈들도 7인이다.

"이건 뭐 '황야의 7인'도 아니고…"

지수는 또다시 쓸데없는 데에 의미를 부여해 본다. 이미 강우 아버지에 대한 궁금증은 화투판 아저씨들의 대화로 거의 해결했다는 생각에 지수는 그저 무관심으로 술 마시는 데에만 열중하고 있다. 이런, 또 술이 떨어지는 바람에 지수는 다시 냉장고로 가서 소주 5병을 양손에 잔뜩 쥐어가지고 자리로 돌아온다. 그리고 식탁 밑에 가지런히 술병을 놓고는 빈 병은 친구 놈들 자리로 슬며시 밀어놓는다.

"혹여나 또다시 강우가 올지 모르는데…"

그런데 합석한 아저씨들은 여전히 슬픔에 잠긴 채, 술과 음식에는 전혀 손을 대지 않고 있다. 정말 고인에 대한 애정이 남달랐던 분들이 분명해 보인다. 혹시나 그분들께 폐가 되지나 않을까 조심스럽게 술잔을 기울이는데 집에서 전화가 온다. 식당 안이 너무 시끄러워 지수는 얼른 밖으로 나와서 전화를 받는데, 어머니 전화다.

"지수야, 오늘 안 들어올 거니? 벌써 12시가 넘었는데…"

지수는 집에 미리 전화 드린다는 게 술 마시는 데 정신이 쏠려 그만 잊고 있었다.

"죄송해요. 제가 전화를 드린다는 것이 깜빡했네요. 아무래도 오늘은 여기서 있다가 내일이나 들어가야 할 거 같아요. 친구들도 다들 그렇게 한다는데요."

"하긴, 다른 분도 아니고 너랑 가장 친한 강우 아버님 일이니 어쩔 수 없지. 그럼, 그렇게 해. 밥은 먹었니? 거기 춥진 않아? 옷도 얇게 입고 갔는데…"

"그럼요! 밥도 많이 먹고요. 여긴 온돌방이 절절 끓어서 더워요. 걱정하지 마세요."

"그래, 알았다. 어려운 곳이니까 항상 말과 행동 조심하고…"

어머니의 계속된 걱정에 지수는 형식적으로 대충 대답해드리고 전화를 끊는다. 나온 김에 담배 생각이 간절해서 흡연구역으로 가는데, 아차 싶다! 지수는 담배 물주 영철이 자식이 함께 나오지 않았다는 것을 깜빡한 것이다. 어쩔 수 없이 장례식장 근처의 편의점에 들러 피 같은 자기 돈으로 담배를 사고는 흡연구역으로 돌아오는 지수. 그런데 이게 먼 일인가.

"이런 젠장…"

그새 영철이 자식과 친구 놈들이 나와서 담배를 피우고 있었다. 아껴써야 하는 오만 원을 깼는데 조금만 참을 걸 하는 후회가 밀려온다.

"지수야, 너 어디 갔었어? 화장실에도 없더구만."

지수는 대답 대신 아무 일 없던 듯이 능청스럽게 영철이 곁에 선다. 그러자 담배가 생기고 양복 주머니 안의 새 담배를 꺼내지 않아도 눈치가 보이지 않는다. 기온이 더 떨어졌는지 좀 전보다 훨씬 더 추워져서 지수의 다리는 자동으로 떨리고 있었다. 친구 놈들의 차림새는 돈을 버는 처지라 그런지 지수와는 차원이 틀렸다. 두껍고 멋스러운 고급 바바리코트를 입고 있는데, 지수는 달랑 7년 된 춘추복 양복을 걸친 게 전부다. 이럴 때는 담배 훈기로라도 추위를 달래는 게 최고다. 연거푸 영철이 담배를 3개나 피우는데 지수의 다리는 이미 사시나무 떨듯이 떨리고 있다. 거우 담배를 양껏 피우고는 다시 따뜻한 장례식장 안으로 들어서면 식당 안은 여전히 말로 설명 못할 이상한 냄새와 문상객들의 소음으로 가득하다.

자리를 찾아서 앉으려는데 옆자리에 합석했던 아저씨들이 어느새 음식을 먹으며 술을 마시며 대화를 하고 있는 모습이 보인다. 무덤덤하게 자리에 앉고서 테이블 밑에 있는 소주를 꺼내서 마시는 지수. 아저씨들의 대화를 듣고는 지수는 자신도 모르게 놀라서 술잔을 놓치고 만다.

"뭐? 그… 그게 사실이야? 그놈이 정말 자살한 거란 말이야?"

이건 또 무슨 소리인가. 도대체 누가 자살이라는 말인가? 설마, 강우 아버지가…

지수는 다시 궁금증이 폭발하며 아저씨들의 말소리에 귀를 가져다 댄다.

"뭐가 자살이야? 그건 말도 안 되는 소리야. 그냥 심근경색으로…"
"야! 찬호가 언제 심장이 안 좋았냐? 그렇게 건강했던 사람이 무슨 심근경색이야?"
"그래도 회사에서 받은 스트레스로 갑자기 그럴 수도 있잖아."
"말도 안 되는 소리 하지 마라. 찬호 저놈은 우리들 중에 누구보다 머리 좋고 체력 좋은 놈이었어."

지수의 눈엔 저러다가 아저씨들 싸우겠다는 생각이 든다. 그러나 지수의 관심은 그저 강우 아버지가 왜 돌아가셨느냐에 쏠려 있다. 분명 고인의 죽음에는 뭔지 모를 석연치 않은 구석이 있는 게 분명하다. 그리고 저분들이 저렇게 입에 거품을 물며 난상토론을 하는 걸 보면 저기 구석에서 화투판을 벌이고 있는 아저씨들보다는 고인에 대한 애정이 각별한 사이인 건 분명해 보인다. 아무튼 지수에게 오늘은 예상치 않게 심심할 틈이 없는 밤이 지속되며, 자기자랑에 빠진 한심한 친구 놈들에게 느꼈던 자괴감도 일정 부분 상쇄되는 느낌이 든다.

잠시 대화를 멈춘 아저씨들은 각자 술을 마시는 데 열중하는데, 이것이 지수에게는 더욱 격렬한 토론을 앞둔 숨고르기로 느껴진다. 그런데 이런 중요한 대목에 갑자기 소변이 급하게 마렵다. 워낙 마신 술의 양도 많지만, 그보다도 아저씨들 대화에 긴장감이 더해져 방광을 자극한 듯싶다. 지수는 좀 더 참아볼까도 했는데, 이러다간 아끼는 술을 더 못 마실 거 같은 생각에 얼른 일어나서 화장실로 뛰어나갔다.

"설마, 잠깐인데 결정적인 얘기가 오가진 않겠지."

급히 볼일을 보고는 식당으로 향하는데, 옆 빈소에서 통곡소리가 들린다.

"아휴, 경민아, 내 딸아! 왜 이렇게 일찍 갔니? 엄마는 어떻게 살라고… 아이고!"

너무나 처절하게 들리는 중년 아줌마의 절규에 지수는 자신도 모르게 빈소 안을 살펴보면, 20대로 보이는 여자의 영정사진이 보인다.

"저 여자는 왜 죽었을까? 저렇게 어린 나이에…"

지수는 궁금증이 생기며 그곳 식당까지 들어가고 만다. 그런데 그곳엔 대학생들로 보이는 젊은 남녀가 가득하고, 여기저기서 서로 부둥켜안고 우는 여학생들이 보인다. 넌지시 나누는 학생들의 대화를 들어보는데, 지수의 예상대로 갑작스런 사고를 당해서 죽은 것이었다. 무슨 사고인지는 모르겠지만, 남의 일처럼 느껴지지 않는다. 자신보다 어린 나이에 저렇게 향불 뒤에 영정사진으로 남아 있다니, 지수는 인생이란 게 참 허망하게 느껴지기까지 한다. 그런데 지수는 그때부터 이상하게 다른 빈소에도 관심이 가기 시작하며 뭔가에 이끌리듯이 빈소를 기웃거리기 시작한다.

"저기는… 사진을 보니 완전 할아버지인 게, 천수를 다하신 거 같네. 그리고 여기는… 여기도 마찬가지군."

그렇게 빈소를 돌아다니다가 마지막 구석진 빈소로 향하는데 너무나 조용하다. 분명 향불 냄새와 인기척은 들리는데, 식당 안에 문상객들이 보이지 않는다. 혹시 샘플로 설치해 놓은 건 아닐까 하는 생각에 빈소 안으로 고개를 쑥 내밀어 보면, 놀라지 않을 수 없었다. 부의금을 받는 사람조차 보이지 않는 황량한 빈소에 할머니 한 분이 하얀 소복을 입고 앉아 계신다. 영정사진을 보니 고인은 남편인 할아버지로 보이는데, 어떻게 된 일인지 자식 하나 보이지 않는다. 할머니는 지수를 보시고도 일어나실 생각이 없으신지 그냥 멍하니 시선을 돌려서 할아버지 영정사진을 바라보신다. 그렇게 빈소를 나오려고 하는데, 식당에서 아줌마가 지수를 부른다.

"무슨 일로 오셨어요? 문상객인가요?"

"아… 아니, 그게요."

"하긴, 오늘 하루 동안 문상객이라고는 동사무소에서 다녀간 복지사 두 분밖에 없었는데 올 리가 없지."

"그런데 왜 이렇게 문상객이 없죠?"

"아, 없을 수밖에! 팔순 넘은 노인 두 분만 외롭게 사시다가 할아버지가 돌아가신 거야. 복지사 말 들어보니까 자식들이 여럿 있는데, 연락이 안 된 지 꽤 되었다고 하더라고. 아휴, 나쁜 놈들! 부모님이 아픈지도 신경 안 쓰는 놈들이 장례를 신경 쓰겠어? 거기다 재산도 없으셔서 장례 끝나자마자 할머니는 어디 보호소로 가셔야 한다나 봐요. 암튼 세상 말세야. 말세!"

아줌마의 말을 듣고선 할머니를 다시 쳐다보면, 무표정한 얼굴에 주름진 굴곡으로 마른 눈물자국만 언뜻 보일 뿐이다. 어떤 희망도, 미련도 보이지 않는 정말 애처로운 모습이었다. 저분들도 젊었을 때는 물불 안 가리고 일하며 누군가의 부모로 살아오며 친구들도 많았을 텐데, 참 쓸쓸한 노년이다. 그런데 지수는 문득 자신도 40년 후면 저런 모습일지 모른다는 생각에 갑자기 뭔지 모를 두려움이 밀려와 머릿속을 가득 채운다. 그리고 각기 다른 빈소의 모습이 그의 마음을 더욱 공허하고 쓸쓸하게 만든다. 처음 빈소를 찾을 때만 해도 통곡하며 울던 문상객들이 어느 순간부터 술에 취해서 고인의 생각은 망각했는지, 서로 웃고 있다. 그리고 여지없이 화투판이 벌어지며 와자지껄 고성이 오가고 언제부턴가 상주들도 그들과 어울려서 즐거워하는 모습이다. 사람이 태어나서 십 년을 살든,

삼십 년을 살든, 팔십 년을 살든 정작 인생을 마감할 때 필요한 시간은 단 3일이란 말인가… 3일만 지나면 그 사람에 대한 모든 발자취는 사라지고 마는 것일까. 지수는 그게 인생이라면 지금처럼 처절하게 전투하듯 살아갈 필요는 없지 않을까하는 생각을 한다.

4

그렇게 할머니의 고독한 모습을 보며 떨어지지 않는 발걸음을 부여잡고 잠시 그곳에 머무르던 지수는 다시 강우 아버지의 빈소에 도착해서 식당 안을 바라본다. 왁자지껄 떠드는 소리와 술 냄새가 진동하는 빈소 안… 지수는 들어가고 싶은 마음이 싹 사라지고 만다. 좀 전에 그렇게 울면서 들어왔던 아저씨들도, 고인의 명복을 진심으로 빌어준다고 생각했던 옆자리 아저씨들도 결국 구석진 자리에서 화투판을 벌이며 떠들며 웃고 있다. 서로들 고인의 영정을 보며 눈물을 보이며 울었던 사람들이 맞나 싶다. 그리고 친구 놈들도 한자리를 차지하고 카드게임에 한창이다. 화투와 카드만 다를 뿐, 저놈들이 더 신난 모습이다.

"이런 죽일 놈들. 그래도 친구 아버님 장례식인데…"

자신까지 저런 자리에 끼고 싶은 생각은 전혀 없기에 실망스런 발걸음을 돌리려는 순간, 강우가 지수를 잡는다.

"정우야, 어디 가려고…"

"어? 어… 바람 좀 쐬려고."

지수는 차라리 잘되었다는 생각에 바깥에 나가서 강우와 같이 아까 산 담배나 나눠 피우고 그냥 집으로 돌아가겠다는 결심을 한다. 흡연구역에 도착한 지수는 강우에게 자신 있게 담배를 나눠 주며 자신도 길게 한 모금을 빨기 시작한다. 그런데 어떻게 알았는지 강우가 지수의 궁금증을 풀어주는 모든 말들을 해 준다.

"우리 아버지… 실은 우울증을 앓으신 지 꽤 되셨었어. 근래에 중풍을 앓으시던 할아버지가 돌아가신 후로 아버지의 증세가 더 심해지셨지. 그래서 드시는 약도 점점 많아지셨는데… 그 부작용으로 심장발작을 일으켜서 돌아가신 거야."

"아… 아니, 왜 우울증이 있으셨어? 친구분들 말로는 정말 훌륭하신 분이던데…"

"할아버지가 오십 좀 넘어서 중풍으로 쓰러지셨는데, 아버지가 그 모습을 보고는 삶에 회의를 많이 느끼셨던 거 같아. 한참 왕성하게 활동하시던 할아버지가 그렇게 반신불수로 누워 계신 걸 보고는 충격이 크셨던 거지. 일 년도 안 돼서 그렇게 많던 할아버지 친구분들도 모두 연락이 안 되더라고. 할아버지가 그렇게 친구분들을 보고 싶어 하셨는데… 결국, 장례식에는 몇몇 친한 친구분들밖에 안 보이더라. 그게 인생인 거 같아. 죽으면 3일 만에 잊히는 존재… 살아 있을 때나 기억되는 존재가 인간이 아닐까…"

철학적인 반문을 하는 강우에게 지수도 좀 전에 너와 같은 생각을 했었다고 말을 할 수가 없었다. 그렇게 다시 강우에게 이끌려 빈소로 돌아오는데, 문득 맨 끝에 있던 할아버지의 빈소가 마음에 걸린다.

"희망 없는 표정이지만… 계속 할아버지의 영정사진에서 눈을 떼지 않고 홀로 빈소를 지키고 계시던 할머니… 그분이야말로 고인을 진심으로 추모하며 영원토록 기억해 줄 유일한 분이 아닐까…"

이런저런 생각과 삶에 대한 서글픔으로 지수는 계속 술을 마셔댔다. 여기 있는 모든 인간들도 고인에 대한 추모보다는 내일의 일정과 약속을 더 중요하게 생각하고 있을 게 분명하다. 그렇게 한없이 서글픈 생각 속에 얼마를 마셨는지 지수의 머릿속의 기억은 지워지며 잠이 들고 만다. 그리고 아침을 알리는 발인 종소리에 놀라며 깨는데 주위가 너무 조용하다. 주변을 둘러보면, 강우 아버지의 빈소가 아니다.

그때, 여전히 할아버지의 영정사진에서 눈을 떼지 않고 계신 할머니가 보인다. 그리고 식당 아줌마가 음식을 차려서 내어놓으며 지수를 반갑게 대한다.

"에휴, 총각이라도 밤새 할아버지 빈소를 지켜 줘서 할머니가 얼마나 좋아하셨는지 몰라. 누군지는 모르지만 총각 덕분에 할머니가 이틀 만에 처음으로 식사도 조금 하셨어. 외롭지 않으셨던 거지. 아마 할아버지도 마지막 가시는 길은 외롭지 않으셨을 거야. 다들 저렇게 뭔 축제인 양, 마서대고 떠들어대는데… 총각은 참 대견해."

　식당 아줌마의 말에 지수의 가슴에서는 뭔지 모를 뜨거운 뭉클함과 서러움이 울컥하는 느낌이다. 할머니는 평생의 반려자였던 할아버지를 여전히 지치지 않은 사랑스러운 눈으로 바라보고 있는데, 그 모습이야 말로 세상에서 가장 아름다운 진정한 사랑의 모습이 아닐까 하는 생각이 든다. 무슨 이유에서인지 모르겠지만 결국 지수는 그날 밤도 할아버지의 빈소에서 할머니 곁을 지켜 주기로 한다. 그리고 할아버지를 향한 할머니의 가슴 시린 눈길을 오래도록 마음에 담아두고 싶은 생각에 누군지 모를 할아버지의 영정사진을 오롯이 바라본다. 우리가 절대로 잊어서는 안 되는 한 인간의 삶을 바라보듯이…

　"그래. 어쩌면 한 인간의 삶을 마감하는 3일이란 시간은 고인을 위한 마지막 축제인 거야. 인간이라면 모두가 한 번은 겪어야만 하는 3일의 축제(祝祭)."

- 끝

황혼녘

1

누구나 한두 개쯤은 평생 이루지 못한 목표를 남기고 생을 마감한다. 그러나 그것이 그저 허황된 꿈이었으면 아쉬움만 남겠지만, 그 꿈으로 인해 누군가에게 사죄하고 용서를 구해야 한다면 오히려 끝까지 포기하지 말고 도전해 봐야 하지 않을까!

누구도 알아주지 않는 허울뿐인 '화가'라는 타이틀을 달고서 지금까지 허황된 삶을 살아온 김 노인… 이제 여든이 되었다. 지금 와서 생각해 보면 돈과 명예라는 두 마리 토끼를 모두 놓친 꼴이 되었으니, 얼마나 부끄러운 삶을 살았던가. 김 노인은 가장으로서나 한 남자로서도 실패한 인생을 살고는 이제 누구도 부정할 수 없는 완전한 노년기에 이른 것이다. 요즘 그는 여든이 될 때까진 느끼지 못했던 알 수 없는 두려움과 회한이 밀려와 잠 못 이룰 때가 허다하다. 그리고 '죽음'에 대한 막연한 공포가 밀려오면 차라리 죽는 게 나을 만큼 참기 힘든 심적 고통을 느낀다.

"일흔아홉과 여든은 단지 1년의 차이일 뿐인데… 무엇이 그토록 나를 옥죄여 오며 숨조차 쉬지 못하게 하는 것일까. 이제 더 바라는 것도, 이루고 싶은 꿈도 없는데… 지난 80년을 그저 평범한 한 남자로 살지 못한 것에 대한 약간의 회한 때문일까."

하긴, 김 노인의 원인 모를 두려움이 거기에서 비롯된 것일 수도 있다. 어쩌면 애초부터 '화가'라는 명예로운 타이틀은 그의 능력과 분수에는 맞지 않는 목표였을지 모른다. 그러나 김 노인은 자신의 이런 보잘것없는 재능을 누군가는 한때나마 인정해 줬다는 사실을 인생의 마지막 여정에서 알게 되었으니, 얼마나 서글픈 일인가.

젊은 시절 김 노인은 누구도 자신의 재능을 인정해 주지 않자, 자괴감과 열등감 가득한 어두운 작품들만 자신의 화폭에 담았었다. 그러다 보니 세상에 대한 비관만이 가득한 그의 작품들을 사람들은 외면했다. 그럴수록 김 노인은 쓸데없는 오기가 충만해서 가장의 의무는 포기한 채, 더욱 그림에만 몰두하는 악순환이 계속된 것이다. 어찌 보면 그도 평범한 가장으로 살 수 있는 기회가 있었지만, 그 모든 것을 스스로 버리고 부끄럽게 살아온 건 아닐까 하는 반추(反芻)를 뒤늦게 해 보는 것이다.

50년 전, 김 노인은 조금 늦은 서른에 결혼해서 아들 둘과, 딸 둘의 아버지로 나름 가정을 꾸리고 살아왔다. 아내는 김 노인보다 열 살이나 아래였지만, 당시 시대를 감안하면 그리 많은 차이는 아니었다. 그러나 김 노인의 아내는 평범한 길을 걷지 않는 남편 때문에 죽을 때까지 몸 고생, 마음고생만 하다가 허망하게 세상을 떠났다. 7년 전, 갑작스레 찾아온 위

암으로 먼저 가 버린 아내에게 김 노인은 항상 씻을 수 없는 죄책감을 갖고 스스로를 가장 큰 죄인으로 치부하고 있었다. 그 때문에라도 김 노인이 첫 여정지로 아내에게 향하는 건 어쩌면 당연한 숙명일 것이다.

"그런데 이제 와서 당신 얼굴을 어떻게 볼지… 당신도 알지만, 자식 놈들은 모두가 법 없이도 살 만큼 다들 착하지만 다들 저렇게 사는 형편은 말이 아니니…"

김 노인의 아들 두 놈은 사십 줄에 명예퇴직을 당하더니 며느리애들과 사이가 안 좋아졌는지 한 놈은 이혼을 하고 나머지 한 놈도 별거 중이란다. 그렇게 아내가 죽었을 때 연락이 끊겼으니 벌써 7년이 되었다. 이제는 길에서 손자들을 만나도 얼굴조차 알아보기 힘들 만큼 긴 세월이 지난 것이다. 김 노인의 딸들도 여전히 월셋방에 살면서 보험설계사와 입주 가정부로 일하느라 얼굴 못 본 지가 3년 정도 되었다. 큰사위 놈은 분수에 맞지 않는 사업을 한답시고 나대다가 남들에게 이용만 당하고 현재는 바지사장으로 모든 죄를 뒤집어쓰고는 교도소에 들어가 있다. 그 연락을 받은 지가 3년 전이니, 지금쯤 출소했을까 모르겠다. 둘째 사위 놈은 김 노인에겐 정말 씹어 먹어도 시원찮은 놈이다. 금쪽같은 막내딸과 결혼시켜 달라고 그렇게 쫓아다녀서 승낙해 줬더니만, 이놈은 틈만 나면 바람을 피우며 심지어 폭력까지 일삼았단다. 딸은 김 노인이 걱정할까 봐 그런 사실을 숨기고 지난 20년을 그렇게 매 맞고 살아왔다니 이런 죽일 놈이 또 어디 있겠나. 눈에 넣어도 아프지 않을 딸인데… 암튼, 남의 자식들은 하나같이 모두 잘돼서 부모 호강은 뒷전이더라도 자기들끼리는 잘 살고 있다는데 김 노인의 자식들은 모두 왜 이렇게 된 건지 모르겠다. 그나마 그의 아내가 살아 있었을 때에는 자식들이 몇 년에 한 번이라도 다녀갔는데 아내가 죽고 나니까 온 집안이 풍비박살 난 꼴이 그대로 드러나고 만 것이다. 그리고 김 노인은 이 모든 원인이 또렷하게 살지 못한 자신의 탓이라는 확신을 지울 수가 없다.

아내는 늘 입버릇처럼 노후준비를 해야 한다고 그렇게 잔소리해댔는데, 김 노인은 자식이 4명이나 되는데 뭐가 걱정이냐고 윽박지르기만 했었다. 하긴, 그때도 뭔가를 모아서 노후대책을 마련할 방도는 없었다. 돈생기는 족족 모두 자식들에게 퍼주기 바빴고, 그것도 모자라서 사채까지 내서 자식들을 도울 수밖에 없는 게 김 노인 부부의 처지였다. 결국, 김 노인은 아내가 세상을 뜨자 모든 것을 잃고 조그만 단칸 월셋방에서, 전엔 먹지도 않던 라면을 주식으로 살고 있는 처량한 신세가 되고 만 것이다. 그리고 일 년 전, 나라에서 하는 건강검진에서 폐암이라는 진단까지 받으며 수술도 힘들다는 말을 들어야 했다. 그렇지만 김 노인은 이생에서 마지막 남은 뭔가를 하기 위해 악착같이 모진 목숨을 지켜야만 할 이유가 있었다.

"길어야 6개월이라고 했는데 일 년 가까이 살고 있는 거 보면 내 목숨줄도 참 질기다. 그렇다고 몰래 모아놓은 재산이 있는 것도 아니고, 이제 나를 기다리고 있는 것은 쓸쓸하고 초라한 마지막 여정뿐이다. 이제 내 곁에는 아내도, 자식들도 없다. 어쩌면 너무나 홀가분한 일이지만, 어디 하나 정 붙일 곳이 없다는 게 이렇게 홀가분하면서도 어찌 보면 무서운 일인지는 정말 몰랐다."

이런 늦은 나이에 죽을 날까지 받아 놓은 김 노인이 마지막으로 꼭 하고 싶은 일이 있다니 놀라울 따름인데, 그것은 그의 인생에서 마지막 의무와 속죄의 의미를 담고 있는 것일지도 모른다. 지난 생애 동안 그와 연이 닿았던 모든 이들… 이 노년에 김 노인은 그들이 미치도록 보고 싶은 것이다. 그것은 단순한 그리움이 아닌, 그들을 향한 자신의 마지막 속죄의 의미인 것이다. 김 노인은 지난 일 년 동안 매일 피를 토하는 암과의 처절한 싸움을 하면서도 건물 청소 일로 모은 돈과, 나라에서 주는 얼마 안 되는 노령연금을 모아서 그렇게 속죄의 마지막 여정을 준비하고 있었다.

남들은 김 노인 나이쯤 되면 부동산이나 현금은 어느 정도 수중에 지니고 있을 줄 알지만, 그에겐 다른 세상 얘기일 뿐이다. 그나마 이같이 병들고 늙은 몸을 청소일이라도 시켜준 건물 주인한테 너무 고마울 따름이다. 일주일에 3일 일하는 조건으로 매달 70만 원을 받았으니 얼마나 감사한가 말이다. 그 돈이 젊은 사람들한테는 그저 하루 이틀 술값 정도밖에 안 되는 돈이지만, 김 노인에게는 마지막 여정을 준비하는 노잣돈으로 충분한 거였다. 그리고 연금 한번 낸 적 없는 그에게 매달 20만 원의 노령연금이라도 타게 해 준 대한민국이라는 나라에도 감사하고 있다.

사람의 마음이란 참 간사하기 그지없다. 김 노인은 아내 살아 있을 때 동사무소에 찾아가서 자신이 기초생활 수급자가 왜 안 되냐고 대노하며 죄 없는 직원에게 호통을 치며 나라 욕을 실컷 해댄 적이 있었다.

"아니, 왜 내가 수급 대상이 아니라는 거야? 자식들이 많아서 안 된다니 말이 돼? 그놈들 모두 자기 밥벌이도 못 해서 이 늙은이와 아내가 생활비도 대 주는 형편인데, 그런 자식들이 백 명이 있으면 뭐 할 거야. 도대체 이놈의 나라는 정책을 어떻게 만드는 거냐고. 당장 동장 나오라고 해. 어서!"

김 노인은 그때를 생각하면 참 부끄럽고 자기한테 봉변당한 이름 모를 직원들에게 한없이 미안해진다. 그래서 그런지 애국자는 아니지만, 그는 가끔이라도 나라 걱정을 하는 편이다. 비록 세간도 들여놓을 수 없을 만큼 작은 방이지만 이곳에서 노구(老軀)를 누이고 월세를 내며 살 수 있었던 것도 어찌 보면 나라의 지원 덕분이었다. 그렇게 김 노인이 일 년 동안 모아놓은 돈이 천만 원. 거기에 약간의 이자 몇십만 원은 마지막 여정의 여비로 쓰기로 했다. 그런데 그가 이렇게 천만 원이란 돈에 집착하는 이유가 있었다. 20년 전에 그가 저지른 가장 부끄러운 죄에 대한 속죄의 의미로 필요한 최소한의 돈이며, 그 의미는 그의 마지막 여정에서 밝혀진다.

"완벽한 준비는 아니지만… 내 나이에 이 정도 성과면 된 거 아닌가. 하긴, 언제 나에게 완벽한 준비란 게 있었던가. 항상 무능력한 가장의 모습으로 살아온 걸…"

하긴 더 무리했었다면 오히려 그나마 김 노인의 노구(老軀)가 무너졌을지도 모를 것이다. 이제 김 노인은 자신의 생을 마감하는 마지막 여정을 떠나기만 하면 된다.

2

김 노인의 처음 여정지는 이미 정해져 있었다. 그에게 가장 큰 죄책감을 안기고 속절없이 저세상으로 간 아내가 잠들어 있는 아내의 고향마을이었다.

"내 아내는 참 어여쁘고 선했다. 그건 누구나 인정하는 사실이다. 그녀에게 유일한 흠이 있다면… 나 같은 무능한 남편을 만난 것이라고 해야 할까. 가진 것 없이 뭐 두 쪽밖에 없는 내게 시집와서 그 모진 고생을 하고는 허망하게 가 버린 아내…"

50년 전, 서른의 김 노인은 아버지의 사업실패로 첩첩산중의 마을로 쫓기듯 이사를 왔다. 그리고 그곳 마을의 작은 교회에서 아내를 처음 보자마자 마음에 두었지만, 아내에게는 이미 젊은 정혼자가 있었다. 김 노인보다 7살이나 어린 정혼자는 김 노인과는 전부터 읍내에선 선, 후배 사이로 지내왔었다. 그런데 어찌 된 일인지 김 노인이 아내를 가로채고 만 것이다. 그렇다고 아내를 강제로 뭘 어떻게 한 건 절대로 아니다. 처음엔 남모르게 마음에만 두고 있었는데, 이상하게 시간이 흐를수록 김 노인의 아내에 대한 애틋한 감정은 더욱 커져만 갔다. 그러나 한 치의 빈틈도 없는 아내와 후배 사이에서 그가 할 수 있는 일은 그저 두 사람의 행복을 빌어 주는 일뿐… 김 노인이 할 수 있는 일은 없었다.

성경에서도 말하지 않았던가. 마음속으로 음욕을 품은 것만으로도 이미 죄를 지은 것이라고. 김 노인도 아내를 보며 수도 없이 음욕을 품었었으니 그 죄는 클 것이다. 그렇게 김 노인 혼자서 가슴앓이를 하던 중, 우연치 않게 아내의 정혼자가 월남전에 자원해 가면서 뜻하지 않은 행운이 찾아왔다. 여기서 행운이라는 표현은 그다지 적절치 않지만, 아내에게 다가갈 아무런 희망도 보이지 않던 김 노인에게는 그렇게 표현할 수도 있는 일이었다. 아내의 정혼자는 월남전에 파병을 갔다가 몇 개월 만에 안타깝게 전사했고 결혼을 약속한 아내는 한없는 슬픔에 잠겨 있었다. 김 노인은 아내의 그런 모습에도 망설이며 쉽게 다가가지 못했다. 그런데 우연히 새벽기도가 끝나고 혼자서 울며 집으로 오는 아내를 보곤 참으로 치사하게 아내를 위로해 주는 척 접근해서 하룻밤을 보내게 된 것이다. 그때는 어느 정도의 강제성도 있었으니, 지금으론 성범죄라고 해도 무방할 것이다. 당시만 해도 여자들의 정조 관념이 엄격했을 때라서 그 하룻밤으로 김 노인은 아내와 쉽게 결혼할 수가 있었다. 특히 교회를 다니던 아내의 정조 관념은 다른 이들보다 엄격해서 아이까지 가진 아내가 오히려 김 노인에게 결혼을 갈구했었다.

그렇게 강요된 사랑으로 결혼 첫해에 첫째를 얻고, 뒤이어 연년생으로 둘째와 셋째를 얻었다. 그러나 여전히 아내는 아직 어여쁘고 어렸기에 김 노인은 한동안 의처증에 시달리며 아내를 집 안에만 가두어 놓았다. 결국, 넷째를 얻고서야 김 노인의 의처증은 조금씩 줄어들었지만, 아내는 어린 자식들을 키우기 위해서 능력 없는 남편을 대신해 닥치는 대로 일을 하기 시작했다. 남의 집 품팔이부터 매일 밤을 바느질과 씨름해야 했고, 장날에는 떡과 청국장을 만들어 팔기도 했다. 지금 생각해 봐도 서른이 안 된 어린 여자가 감당하기에는 모진 고생이었다. 그러나 김 노인은 여전히 특별한 직업 없이 이곳저곳 전전하며 그림만을 그렸다. 장승업 같은 화가가 꿈이었던 김 노인은 돈도 되지 않는 그림에만 집착하며 팔도를 떠돌며 부모님과 아내의 속을 유난히도 썩였다. 전문가에게 재능은 있으나 감각이 없다는 평을 듣고 김 노인은 크게 실망하여 감각을 키운다는 명목하에 전국의 명산만을 떠돌며 그림 그리는 일에만 몰두했다. 그리고 다시 전문가들의 평을 받아 보면 돌아오는 답은 항상 같았다. 결국, 그것이 엉뚱하게 자신감으로 폭발하며 스스로를 야인이라 칭하며 숨은 실력자로 자평하는 어이없는 지경에까지 이르렀다. 만약, 그때 조금만 일찍 김 노인이 자신의 부족함을 깨우쳤다면 지금보다 더 나은 삶을 살았을 것이다.

  김 노인은 그렇게 힘들게 얻은 아내와 자식들은 내팽겨치고 팔도 유람하는 신간 편한 한량 노릇만 했으니 얼마나 한심한 인생이었던가. 돈이 떨어지면 갈 곳이라고는 아내가 있는 집밖에 없기에 김 노인은 다시 면상에 두꺼운 철판을 깔고 들어오기 일쑤였다. 몇 달에 한 번 정도 집에 들어오는 처지라 자식들 얼굴도 제대로 못 볼 만큼 미안함이 가득했지만, 아내에게만은 오히려 당당하고 모질게 굴었다. 가장으로서의 무능함을 감추기 위한 김 노인의 처세술이었지만 오히려 아내는 단 한 번도 그런 김 노인을 타박하거나 잔소리한 적은 없었다. 그냥 김 노인 자신만이 느끼는 자괴감과 열등감이었던 것이다. 그렇게 모질기만 했던 김 노인을 위해서 그래도 아내는 항상 처마 밑에 고등어 한 손을 달아 놓았다. 육식을 별로 좋아하지 않던 김 노인이 유일하게 좋아했던 자반고등어. 언제 집에 올지 모르는 김 노인을 위해 어려운 살림에도 고등어는 집에 떨어뜨리지 않고 준비해 두었다.

"아이들이 아무리 구워 달라고 보채도 그놈의 고등어는 언제나 내 차지였으니, 이런 현모양처가 또 어디 있을까. 그런 천사처럼 어여쁘고 착했던 아내를… 나는 지금 7년 만에 만나러 간다. 암으로 갑자기 저세상을 간 아내가 너무나 원망스러웠기에 나는 장지에도 가지 않았다. 장례식 이후에 소식이 끊긴 자식 놈들도 아마 마찬가지였을 텐데… 무덤이라도 멀쩡할지 원…"

아내의 무덤으로 향하는 버스에서 김 노인의 마음은 한없이 무겁다. 아내의 고향마을이 가까워질수록 버스 창가에 기대어 있는 김 노인에게 한없는 걱정이 밀려오기 시작한다. 이렇게 무작정 가서 찾을 수나 있으려나. 풀은 또 얼마나 자랐을지, 동물들이 파헤치진 않았을까. 김 노인의 얼굴은 점점 수심으로 가득하다.

시간이 얼마간 지나고 버스가 작은 마을의 종점에 다다른다. 가구 수라고는 겨우 십여 호 정도인 작은 마을이지만 김 노인은 너무나 자연스럽게 마을 이곳저곳을 돌아다니며 기웃거린다. 이곳이 바로 김 노인과 아내의 인연을 이어준 고향 마을이기 때문이다. 그때는 70호가 넘는 큰 마을이었는데 젊은 사람들이 외지로 떠나면서 지금은 겨우 노인들만 남아서 마을을 지키고 있다. 하긴, 자신도 젊었을 때 떠나서 노인이 된 지금에야 찾아왔으니 할 말은 없다. 가장 먼저 찾은 곳은 아내의 집이 있던 집터다.

지금은 돌담만 앙상하게 남아서 집터란 것을 증명해 주지만 그는 잠시 그곳에 머물러 스무 살 어린 아내가 마당에서 빨래를 하던 모습을 떠올려 본다.

"맞아. 저기에서 항상 빨래를 하곤 했었지. 우물터는 그대로구만."

김 노인은 그곳에서 한참을 머물곤 이내 작은 마을 뒷산으로 걸음을 옮기는데, 노구(老軀)인 그에게는 벅찬 산행처럼 보인다. 얼마 안 가서 숨이 턱까지 차오르며 심한 기침을 하기 시작하고 얼핏 입가에 핏기도 보인다. 그러나 김 노인은 온 힘을 짜내며 겨우 산 중턱에 오른다. 처음 걱정과는 달리, 그는 뭔가에 홀린 듯이 아내가 묻힌 곳으로 찾아가고 있었으니 신기한 일이다. 작은 봉분에 보잘것없는 묘비 하나가 전부인 그곳에 자연스럽게 도착하지만 처음 마주한 아내의 무덤 앞에서 김 노인은 이상하리만치 덤덤하다. 머쓱함에 평소 아내가 좋아하던 사과와 배, 약과, 곶감, 단팥빵, 식혜를 꺼내서 무덤 앞에 차려 놓는다. 그러곤 멀뚱하게 무덤을 한참 동안 바라보며 상념에 잡히는데 무성하게 자란 풀들이 눈에 거슬린다. 김 노인은 맨손으로 잡초를 잡아 뜯으며 반 정도 내려앉은 봉분도 흙을 퍼서 메우기 시작한다. 어느 정도 정리가 되자 작은 비석을 손수건으로 닦는데 이상하게 슬픈 생각이 들지 않는다. 그러니 눈물도 날 리가 없다.

"이런 젠장… 여기 오면 펑펑 울면서도 당신한테 지난 잘못을 사죄하려 했는데… 이렇게 덤덤할 줄이야. 그토록 모질게 고생만 시켰던 놈이 처음 찾아온 당신 무덤 앞에서도 전혀 슬프지 않다니, 나는 참 못되고 짐 승 같은 놈이 맞나 보구려."

그렇게 어색한 조우를 마치고는 음식들과 식혜를 조금씩 묘소에 뿌려 준다.

"당신이 좋아하는 것들이야. 목도 마를 테니까 식혜도 천천히 마시라 고."

그리고 김 노인은 계획했던 대로 도화지를 꺼내서 아내의 무덤을 화폭 에 정성스레 담아 본다. 나이가 들어서 그런지 붓을 들고 있는 손이 떨려 오지만 이를 악다물고 실제 모습과 비슷하게 그리려 애쓴다. 그림이 완 성되자 마지막으로 짐을 정리하고 뒤돌아서서 다시 산을 내려오는데, 그 가 갑자기 다시 뒤를 돌아 아내의 무덤을 바라본다. 그리고 먼발치에서 보이는 아내의 묘소가 김 노인의 감정을 송두리째 흔들어 놓고 만다. 덩 그러니 남아 있는 묘소 하나가 너무나 외로워 보이며 뭔지 모를 뜨거운 것이 그의 안에 꿈틀거리기 시작하며 그는 다시 무덤을 찾는다.

"여보, 미안해요. 내가 죽일 놈이야. 흑흑. 평생 호강 한번 못 시켜 주더 니… 당신을 이렇게 차가운 땅속에 묻어두고 나 혼자 가는구려. 지금까 지 얼마나 배고프고 외로웠을까. 무섭도 많이 탔었는데… 그 많은 밤들 을 얼마나 무섭게 보냈을까."

김 노인은 울부짖으며 다시 아내의 비석을 부여잡고 한없는 눈물을 흘린다.

"당신은 내가 죽인 거나 마찬가지야. 매일 빚 때문에 시달리다가 그것이 암이 되고 만 거야. 그리고 우리 아이들… 손자들은 이제 길에서 봐도 못 알아볼 텐데… 내가 저승에 가서 당신 얼굴을 어떻게 본단 말이냐. 이 죄를 어떻게…"

김 노인은 생애 처음으로 그렇게 오랫동안 멈추지 않는 눈물을 흘리며 오열했다.

해가 중천을 지난 오후, 마을 어귀에서 버스를 기다리고 있는 김 노인의 눈은 아내의 무덤이 있는 곳을 향하고 있다. 무슨 힘으로 저 험한 산을 올랐는지 모르지만, 김 노인은 지금도 한달음에 다시 올라가고 싶은 마음이 굴뚝같다.

"여보. 조금만 기다려요. 이번 여정이 끝나면 당신 곁으로 갈 테니까. 그때까지 무서워도 잘 참고 있어요. 그리고 우리 다시 만나면 아이들을 위해서 뭔가를 하자고. 이생에선 해 줄 수 있는 게 없는 못난 아버지였지만, 거기선 뭐라도 할 수 있겠지."

그렇게 스스로를 위로하며 김 노인은 계속 산 위쪽을 바라본다. 잠시 후, 김 노인은 버스에 올라타서는 창가에 비친 고향마을의 전경을 마지막

73
황혼녘

으로 눈 속에 담느라 정신이 없다. 오늘따라 빠르게 내달리는 버스가 야속하다.

"이제 살아서는 마지막이구나. 하긴, 얼마 후면 나도 이곳으로 올 텐데 아쉬워할 것도 없겠지. 다만, 누가 나를 이곳에 묻어 줄지… 자식들은 어림도 없고…"

3

버스가 구불구불한 생긴 흙길을 얼마나 내달렸을까. 김 노인은 아내의 고향 마을에서 얼마 떨어지지 않은 곳에서 내린다. 그곳은 읍내와 비교적 가까운 곳으로 김 노인이 부모님과 유년 시절을 보낸 실제적인 고향이다. 살던 집터는 이미 사라지고 없지만, 그가 이곳을 찾은 이유는 따로 있다. 물론 그의 부모님 무덤이 이곳에 있었지만 김 노인에겐 그것보다 더 중요한 이유가 있었다. 이곳은 면 소재지나 다름없어서 옛날에도 어른들은 이곳을 '읍내'라고 부르며 제법 크게 5일 장을 열곤 했었다. 잠시 주변을 둘러보던 김 노인은 허름한 가게를 들러서 부모님이 좋아하시던 음식들을 장만하고는 멀지 않은 야산으로 향한다. 한 시간을 올랐을까. 저 멀리 작은 봉분의 무덤 두기가 보이기 시작한다. 그런데 어찌 된 일인가? 이번에는 김 노인이 쉽게 눈물을 터트리고 만다. 화려하고 큰 봉분과 상석들로 치장된 주변의 다른 무덤들에 비해, 남의 땅을 빌려 쓴 작은 봉분 두 개가 전부인 부모님 무덤이 그의 심장을 칼로 도려낸 것이다. 무명 화가로 허랑방탕하게 세월을 보낸 결과가 이제 부모님의 못자리도 남의 덕을 봐야 하는 비굴한 처지가 되었지만 지금 김 노인에게는 그런 것보다 왜 자신의 부모 무덤만 저렇게 초라할까 하는 분노와 억울함이 더 크다. 무덤이 점점 가까워질수록 김 노인은 울분과 죄책감에 더욱 오열하며 무덤에 도착한다. 그런데 이번엔 반대로 무덤에 도착하자마자 눈물이 그치며 쉽게 이성을 되찾고 만다. 전보다 더 길게 갈 거 같던 슬픔이 한순간에 잦아드는 느낌이다.

"하긴, 눈물이 마를 만도 하지. 아내 무덤에서 흘린 눈물이 안 되도 한 말은 될 테니 말이야. 아버지, 어머니… 이 못난 자식이 왔습니다."

김 노인은 서둘러 봉지에서 곶감과 박하사탕, 만두와 빵, 요구르트와 황태포를 꺼내서 차려놓는데, 이것들도 평소에 아버님, 어머님이 좋아하시던 것들이다. 잠시 묵념 기도를 마치고는 음식들을 조금씩 떼어서 봉분에 뿌리고는 꽃삽을 꺼내서 묘소 주변을 파기 시작하는 김 노인. 부모님 모두 생전에 꽃을 워낙 좋아하셨기에 김 노인은 올라오기 전에 여러 종류의 꽃씨를 준비해왔었다. 그렇게 꽃씨를 정성껏 심고서 뿌듯한 마음으로 무덤을 바라보며 부모님이 좋아하실 얼굴을 떠올려 본다. 그리고 도화지를 꺼내서 꽃이 만개한 주변을 상상하며 화폭에 담는다.

"아버지, 어머니. 내년 봄이면 산속의 진달래와 복숭아꽃 말고도 다른 꽃들이 만발할 겁니다. 그리고 가을이면 국화도 필 테니까 두 분이서 물 주시며 잘 가꾸세요. 죄송합니다. 이십 년 만에 찾아와서 해 드릴 거라곤 이것밖에 없는 이 자식을 용서하세요. 얼마 후면 저도 그곳으로 가서 제

아내와 함께 두 분을 찾아뵙겠습니다."

그렇게 짧은 작별 인사를 마치고 다시 산을 내려오던 김 노인… 갑자기 옆 산으로 방향을 틀어 걸음을 옮긴다. 그런데 그의 발걸음이 전과는 다르게 무겁게 느껴진다. 한참을 오르면, 엄청난 규모에 웅장해 보이는 잘 꾸며진 화려한 무덤들이 보인다. 이곳은 인근 유지이자, 김 노인과 친한 친구 부모님의 무덤이다. 그런데 김 노인은 그곳에 도착하자마자 손과 발이 떨리며 눈은 독기가 서린 분노로 가득하다.

60년 전, 김 노인의 부모님은 이곳에서 그럭저럭 논 몇 마지기를 일구며 그 어려운 시절에도 양식 걱정은 하지 않을 정도로 여유롭게 살았다. 그런데 아버지가 김 노인의 친구인 경철이 아버지의 권유로 함께 동업을 하게 된 것이 지금까지 김 노인 부모님에게는 천추의 한으로 남게 되었다. 당시 인근에서 명망 높은 유지였던 경철이 아버지는 일명 천석꾼으로 불리며 인근 최고의 부자로 소문이 자자했다. 그런 사람이 갑자기 김 노인의 아버지에게 동업을 제안했고, 아버지는 천석꾼의 명망을 믿고 그나마 있던 논을 팔아서 작은 술도간을 지었다. 보릿고개를 겪는 어려운 시절이라도 서민들의 술이었던 막걸리와 소주는 여전히 없어서 못 파는 황금 시장이었기에 전망도 밝아 보였다. 당시에 유일하게 그 일을 반대했던 사람은 김 노인의 어머니뿐이었다. 어머니는 아버지를 만류하며 그냥 소박하게 농사만 짓고 살자며 설득했지만 결국 아버지의 고집을 꺾을 수는 없었다. 젊은 시절 김 노인의 고집도 아마 그런 아버지의 고집을 그대로 닮은 것이 분명할 것이다.

성대하게 양조장 개업식을 하고는 얼마간 장사는 그럭저럭 잘 되었다. 그러나 당시 보릿고개로 사람이 먹을 쌀도 부족한 상황이라 쌀값은 천정부지로 폭등하고 결국 술 공장도 더 이상 버티지 못하고 폐업하게 되었다. 김 노인 아버지는 양조장이라도 헐값에 넘겨 보려 사방을 다니며 애썼지만, 결국 아무도 그곳에 관심을 두지 않았고 당장 양식이 없는 것은 물론, 빚만 잔뜩 남기고 그렇게 김 노인 아버지의 꿈은 사라지고 말았다. 워낙 부자였던 천석꾼은 큰 타격이 없었지만 김 노인네는 당장 내일 양식이 없어서 어머님이 이웃에게 구걸할 정도로 완전히 망해 버렸다. 그렇게 허무하게 무너질 수 없었던 김 노인 아버지는 다시 천석꾼을 찾아가서 고리의 돈을 융통해서 남의 땅을 빌려 배추 농사를 지었는데, 천석꾼은 원래 근방에 고리(高利)로 돈놀이하는 사람으로 소문이 자자했었다. 그러나 워낙 고리이고 빚 독촉이 남들보다 몇 배 더 심하다는 소문에 어머니는 아버지가 돈을 얻는 걸 심하게 만류했다. 다행히 그해에 배춧값이 좋아서 큰돈을 만질 수 있었고 김 노인 아버지는 어머니를 보내 천석꾼에게 빌린 원금과 이자를 상환할 수 있었다.

그런데 이듬해 봄, 김 노인의 집으로 천석꾼이 찾아와서 돈을 갚으라고 행패를 부리기 시작했다. 김 노인의 어머니는 분명 작년 가을에 가져다주지 않았냐며 항변했지만, 당시에는 은행 거래가 아닌 현금으로 줘서 영수증도 없었다. 김 노인의 아버지와 천석꾼은 결국 멱살잡이하며 싸웠지만, 대부분 마을 사람들은 천석꾼 편이었다. 마을 사람들 중에 천석꾼의 땅을 밟지 않고 사는 사람이 거의 없을 정도였으니 어쩌면 당연한 일이었다. 그 일이 있은 후, 김 노인은 아내가 사는 옆 동네로 쫓겨나듯이 이사를 가서 처절하게 가난한 생활을 하게 된 것이다. 김 노인은 아직도 그때의 일을 똑똑히 기억한다. 어머니가 돈을 주러 가셨을 때, 김 노인은 몰래 밖에서 어머니가 신문지에 쌓인 돈을 천석꾼한테 주는 걸 분명히 봤고 어린 마음에 그 돈이 아깝다는 생각을 했을 정도니, 어머니가 천석꾼에게 돈을 준 건 틀림없는 사실이었다.

그렇게 분노와 억울함에 한동안 이쪽으론 고개도 돌리지 않던 김 노인이 어찌 된 일인지 이번 여정의 경로에 원수 같은 천석꾼의 무덤을 포함시켰다. 김 노인은 잠시 고개를 숙여 천석꾼 무덤에 묵념 기도를 하고는 비석을 똑바로 노려보는데, 억울함과 서러움에 복받쳐 또다시 눈물이 흐른다.

"아저씨… 저희 부모님은 절대로 돈 떼어먹은 적이 없습니다. 아시죠? 제가 분명히 봤으니까 부인하진 못할 겁니다. 그러나 지금 와서 아저씨를 원망한들 무슨 소용이 있겠습니까. 그곳에서 저희 부모님 보시면 그냥… 그때 돈 받은 게 사실이라고… 그렇게만 말씀해 주세요. 흑흑. 제발 그곳에서나마 저희 부모님의 한을 풀어주세요. 제발… 그럼… 약속하신 줄 알고, 아저씨 무덤도 잘 그려드리겠습니다."

겨우 진정한 김 노인은 천석꾼의 무덤을 화폭에 담는다. 증오하는 사람이지만 그는 더욱 정성껏 화폭에 담고선 힘든 노구(老軀)를 이끌고 다시 읍내로 걸어 내려간다.

해는 어느덧 산 아래로 내려오고 조금 있으면 날이 저물 기세다. 어차 피 오늘은 여기서 자고 갈 생각이었지만, 김 노인은 이미 온몸이 쑤시고 피곤함이 몰려든다.

"나이 들면 느는 건 잠 뿐이라던가. 벌써 졸리니 원…"

김 노인은 읍내의 이곳저곳 기웃거리는데, 그의 기억 속에 있는 장소는 전혀 없다.

"하긴, 여길 떠난 지도 벌써 50년이 지났는데 남아 있는 게 있을 리 만 무하지. 아… 여기엔 자장면 집이 있었는데, 저기는 한약방이었던가? 그리고 여긴… 그래! 아내한테 빵을 사 줬던 블란서 빵집 자리야! 그리 고…"

김 노인은 골목 모퉁이에 앉아서 예전 읍내의 모습을 상상하며 하나둘 씩 도화지에 그려 넣기 시작한다. 한동안 작업이 이어지면서 그렇게 날 이 저물고 있었다.

밤이 되자 허기가 돌던 김 노인은 근처 골목의 허름한 식당을 들어가는 데 메뉴판을 보는 그의 눈이 번쩍 뜨이는 메뉴가 눈에 들어온다. 고등어 백반 7,000원!

"저거 옛날 자반고등어 맞나? 나는 짠 자반고등어가 좋은데…"
"네, 맞아요. 요즘 젊은 사람들은 짜다고 싫어하는데, 할아버지는 맛을 아시네요."

"그럼! 자고로 굵은 왕소금에 절인 자반고등어라야 제맛이 나지요."

김 노인은 주인의 말에 옛날 생각이 나서 힘주어 화답해 주곤 지체 없이 메뉴를 결정한다. 잠시 후, 짠 내가 진동하는 고등어 굽는 냄새가 솔솔 풍겨오기 시작하며 김 노인은 환상에 사로잡힌다. 갑자기 나타난 아내가 고등어가 담긴 접시를 들고선 그 앞으로 다가오는데, 김 노인은 예전처럼 거만하게 앉아서 상을 받아든다. 각종 밑반찬이 차려지자 수저를 들며 아내에게 음식 타박도 해 본다.

"이거 너무 탄 거 아니야? 밥은 왜 이렇게 질어. 내가 된밥 좋아하는 거 몰라?"

그리고 눈을 들어 아내를 바라보면, 그 앞엔 식당 주인이 황당한 표정을 하고 있다. 어찌나 무안하던지 쥐구멍이라도 있으면 들어가고 싶은 심정인데, 모른 척하며 고등어를 비롯한 모든 반찬을 맛있게 비워 주는 것으로 주인에 대한 사과를 대신했다.

식사를 마친 김 노인은 근처 여관으로 들어가는데, 주인장이 그를 수상하게 본다.

"여기… 온돌방도 있나?"
"그… 그럼요. 근데, 할아버지 혼자세요?"

나이 든 노인네가, 그것도 아무도 없이 혼자 여관에 들어오니 수상하게 본 것이다. 암튼, 김 노인은 당당히 돈을 내고선 주인이 안내해 준 방으로 들어가서 지친 노구(老軀)를 온돌방에 누여 본다. 벽시계를 보는데 아직 자기엔 이른 8시 정도다. 따뜻한 바닥에 누우니 갑자기 피곤함이 밀려오며 김 노인은 이내 스르르 잠이 드는데, 그렇게 그가 계획한 마지막 여정의 4분의 3이 마무리되고 있었다.

4

김 노인도 여느 노인들처럼 아침잠이 없어진 지 오래다. 오늘은 늦잠 잔다고 누구 하나 타박할 사람도 없는데 새벽 4시에 자동으로 잠이 깨고 말았다. 멀뚱하게 일어나서 여관의 창문을 열다가 화들짝 놀라며 금방 닫고 만다. 뼛속까지 시려오는 새벽바람에 갑자기 심한 두통이 생긴 것이다. 김 노인 같은 고혈압 환자에겐 아침 찬 공기가 가장 안 좋다고 했건만, 그가 잠시 의사의 경고를 잊은 것이다.

"젊었을 때는 새벽같이 일어나서 운동하는 게 일상이었는데… 이제 내가 진짜 늙긴 늙었나 보다. 찬바람이 이렇게 무서울 줄이야. 허허."

김 노인은 다시 이불을 뒤집어쓰고 잠을 청해 보지만 한 번 깬 잠은 다시 들기 힘든 모양이다. 결국, 이른 세수를 하고 가장 중요한 마지막 여정을 준비하기로 한다.

"준비랄 것도 없지만, 그래도 이번엔 살아 있는 사람의 그림을 그리러 가는 것인데 몰골은 단정해야 되지 않겠나. 그런데 이렇게 늙어버린 나를 알아나 보려는지…"

김 노인은 새벽 일찍 여관을 나서서 근처 중국집에 들러 우동을 주문하고 먹으려는데 또 기침을 시작한다. 그런 김 노인의 모습에 주위 손님들이 하나둘씩 자리를 물리고 김 노인의 기침은 더욱 심해져 결국 입가에선 피가 보이기 시작한다. 그러자 김 노인은 급히 사람들의 시선을 피해서 급히 버스정류장으로 향한다. 식사도 제대로 못 한 몸으로 버스에 몸을 싣고 두 시간을 이동해서 도착한 대구. 이곳에는 김 노인의 특별한 벗이 있다. 무명 화가로 아무런 경제 활동을 못하던 그에게 일자리를 주며 화가의 꿈도 잠시나마 이어가게 해 준 소중한 친구가 이곳에 살고 있다.

"자넬 마지막으로 본 지가 20년이 넘었으니… 그래도 자넨 항상 내 마음속에 있던 든든한 친구야. 비록 내가 자네에게 한 짓을 용서받지 못한다 해도 난 할 말 없는 놈일세. 그래서 자네를 보는 일을 내 마지막 여정에서도 가장 마지막에 둔 것이야."

그러나 20년이 지난 지금, 김 노인은 도심 한복판에서 어디로 찾아가야 할지 갈피를 잡지 못하고 있다. 완전히 달라진 거리거리들… 물어물어 옛 주소로 찾아가면 될 거란 생각에 무턱대고 주소가 적힌 오래된 종이만 들고 왔는데, 엄두가 안 난다.

"대구는 분명 큰 도시다. 이름도 광역시가 아닌가. 이를 어쩐다."

어디부터 시작해야 할지 망설이던 순간, 김 노인의 눈에 역 근처의 시장이 들어온다. 김 노인은 무작정 시장으로 가서 종이를 들고 여기저기 사람들에게 물어보기 시작한다. 너무 오래된 주소라 모두들 머리를 흔드는데 시장에서 터줏대감으로 불리는 생선장수가 주소를 알아보고 김 노인에게 자세한 약도까지 그려 준다. 김 노인은 택시로 겨우 예전 주소 근처에 내리는데 예전의 흔적을 찾을 수가 없다.

"분명 여기가 맞다고 했는데… 이거 어디가 어딘지 원… 혹시 이사를 갔나."

김 노인은 하릴없이 주변을 서성이다가 근처에 있는 작은 가게를 발견하고는 그곳에 들러서 빵이라도 사며 물어볼 작정으로 조심스럽게 안으로 들어선다.

"혹시 여기에 적힌 주소가 저곳이 맞나. 저기… 이름은 김민재라고… 얼굴은 넓대대하니, 키는 좀 작은데… 저쪽 어디에 살았던 거 같은데…"
"김민재라… 아! 수민이 할아버지 말씀하시는 거 같네. 맞죠? 혹시 그 할아버지 팔에 오래된 화상 흉터가 있었는데…"
"맞아요. 맞아. 그 사람이야! 아… 아직도 여기 살지요?"

갑자기 표정이 어두워지는 가게주인… 김 노인도 갑자기 불안해진다.

"아휴, 이걸 어쩌나. 친한 분 같은데… 그 할아버지 돌아가신 지 몇 달 되었는데요. 건강하셨는데… 갑자기 심장마비로 돌아가셨어요. 저 위 공원묘지에 모셨다던데…"

"이… 이런!"

김 노인은 충격을 받고 갑자기 어지러움을 느끼며 그만 그 자리에 주저앉고 겨우 주인의 부축을 받고 겨우 일어나 잠시 의자에 앉아서 물을 마신다.

"아… 저기 수민이가 오네요. 수민아!"

민재의 손녀 수민이 교복차림으로 가게에 들어오는데, 김 노인은 갑자기 몰려오는 죄스러움과 부끄러움에 수민을 똑바로 바라보지 못하며 시선을 아래로 돌린다.

김 노인은 얼른 가게를 나와서 골목으로 도망치듯이 뛰어간다. 비틀거리면서도 어떻게 해서든 그 자리는 벗어나려 온힘을 다해서 뛰어 내려가는데 그 모습이 위태로워 보인다. 그리고 근처공원에 들어가서 힘이 쭉 빠져 의자에 길게 눕는다.

"이런… 민재가 죽다니. 이런 황망한 노릇을… 민재야, 내가 너무 늦게 왔구나."

김 노인은 눈시울이 뜨거워지며 곧 눈물을 흘리는데, 슬픔보다는 부끄러움으로 흘리는 눈물이다. 그렇게 한동안 오열하던 김 노인은 일어나 앉아서 의관을 정제한다.

"그래도 자네의 마지막 모습은 봐야겠지. 저 위 공원묘지라고 했나…"

떨리는 다리를 부여잡고 마지막 힘을 내서 산 쪽으로 올라가자, 얼마 안 가서 작은 공원묘지가 보인다. 그리 커 보이진 않지만, 비석을 하나씩 살펴보려면 족히 하루는 걸릴 듯싶다. 그런데 김 노인의 눈에 저 멀리서 아직 잔디가 듬성듬성한 황톳빛의 무덤이 눈에 들어오고, 직감적으로 그곳에 민재가 묻혀 있을 거라는 확신이 든다.

"그래. 몇 달 전이었다고 했었지. 저기가 맞을 거야."

김 노인은 떨리는 발걸음으로 그곳에 가보는데 민재의 무덤이 틀림없다!

김 노인과 같은 여든의 나이에, 비석에 쓰여 있는 아들 이름도 종석이고, 손녀 이름도 좀 전에 본 '김수민'이 맞다. 더 확인해 볼 것도 없는 확실한 민재의 묘소다.

"민재야… 내가 왔다. 버러지만도 못한 정우가 왔단 말이다. 미안하다. 흑흑."

20년 전, 김 노인은 대구에서 민재가 운영하는 공방에서 일하며 적게나마 생활비를 벌어 아내에게 보내고 있었다. 그런데 자식 놈들 뒷바라지에 김 노인과 아내는 계속 빚을 질 수밖에 없었고 결국, 아내는 사채업자들한테 시달리며 협박까지 당하는 지경에 이르렀다. 그날도 김 노인에게 아내가 급하게 전화를 했었다. 사채업자들이 집 안에 들어와서 행패를 부린다는 아내의 말을 듣고 김 노인은 정신이 없을 때였는데 마침 그날 밤, 민재가 공방에 늦게 들어오는데 손에는 돈뭉치가 들려 있었다.

"정우야! 미수금 받아 왔다. 얼마 안 되지만 당분간 부도 위기는 넘기겠다. 하하."

그러나 지금 김 노인에겐 공방 부도보다 아내가 겪고 있을 고초가 먼저다. 민재가 나간 후에 김 노인은 망설임 없이 아내만을 생각하며 그 돈을 훔쳐가지고 서울로 도망을 간 것이다. 그렇게 그는 친구 민재에게 씻을 수 없는 죄를 짓고 말았다.

서울로 올라온 김 노인은 그 돈으로 사채를 해결하고는 법의 처벌을 기다렸다. 어차피 지금쯤 민재가 경찰에 신고했을 테고, 거기엔 수표도 있었으니 누가 가져갔는지는 금방 들통이 날 것이다. 그러나 하루, 이틀, 열흘… 한 달이 지나도 아무도 김 노인을 찾아오지 않았다. 민재는 김 노인의 집까지 알고 있었는데 어찌된 일인가. 김 노인은 한동안 불안에 떨며 바깥출입도 못하고 그렇게 두려움에 떨어야 했다. 그러나 평소 민재의 성품을 볼 때, 자신은 굶을망정 친구를 고소할 사람은 절대로 아니었다. 그것이 오히려 그에게 평생토록 더 큰 죄책감이 들게 만들었고, 죽기 전엔 반드시 민재에게 그 돈을 돌려주고 용서를 빌기로 김 노인 스스로 약속했었다.

"그런데 그런 민재가 죽다니… 이제 누구한테 용서를 구한단 말인가?"

그러나 이대로 생을 마감하기엔 자신의 마지막 여정이 너무나 허무하게 느껴진다.

"이대로 끝낼 수는 없다. 그래, 이건 아니야! 이대로 끝낼 수는 없어. 절대로!"

다음 날, 김 노인은 다시 민재의 무덤 앞에서 무언가를 도화지에 그려 나가고 있다.

"할아버지! 이쁘게 그려 주세요. 헤헷."
"수민아, 할아버지가 화가 친구라고 자랑 삼아 말씀하시던 분이 바로 저분이야."
"정말요? 우와! 그럼 진짜 화가가 우리 가족 그림 그려 주는 거네."

민재의 무덤 앞에는 민재의 아들과 며느리, 손녀 수민이 나란히 앉아 있다.

"지금 나는 여기 있는 모든 이들에게 속죄하는 마음으로 최고의 그림을 그리고 있다. 온몸에선 식은땀이 비오는 듯 흐르지만 마지막 노구(老軀)의 힘을 모두 짜내서 제발… 이 그림만은 꼭 완성해야 한다. 그때까지 이 쓸모없는 육신이 버텨 주길…"

그림이 겨우 완성되던 순간, 어디선가 김 노인을 부르는 아내의 목소리가 들린다. 김 노인은 그곳을 바라보는데, 밝은 빛이 하늘에서 내려오며 그를 감싼다. 어찌나 따뜻하고 포근하던지 김 노인은 스르르 잠이 들고 그 덕분에 손에 들려있던 무거운 붓을 놓을 수 있어서 오히려 홀가분한 느낌이다. 그리고 마지막으로 김 노인 주머니에서 튀어나온 봉투 하나가 민재의 가족 그림 위에 놓이는 것이 보인다.

"내가 민재 자넬 위해서 모은 돈이야. 이제야 돌려주네. 그리고… 늦어서 정말 미안하네. 이제야 나도 조금은 떳떳하게 부모님과 아내, 그리고 자네 곁에 갈 수 있게 되었어. 이제 또 다시 길고 긴 여정(旅程)을 시작하는 걸세. 하하."

그렇게 김 노인은 아내의 따뜻하고 고운 손을 잡고선 부모님과 민재 곁으로 가는, 세상에서 가장 행복한 여정(旅程)을 다시 시작하게 된다.

- 끝